Terra Papagalli

OBJETIVA

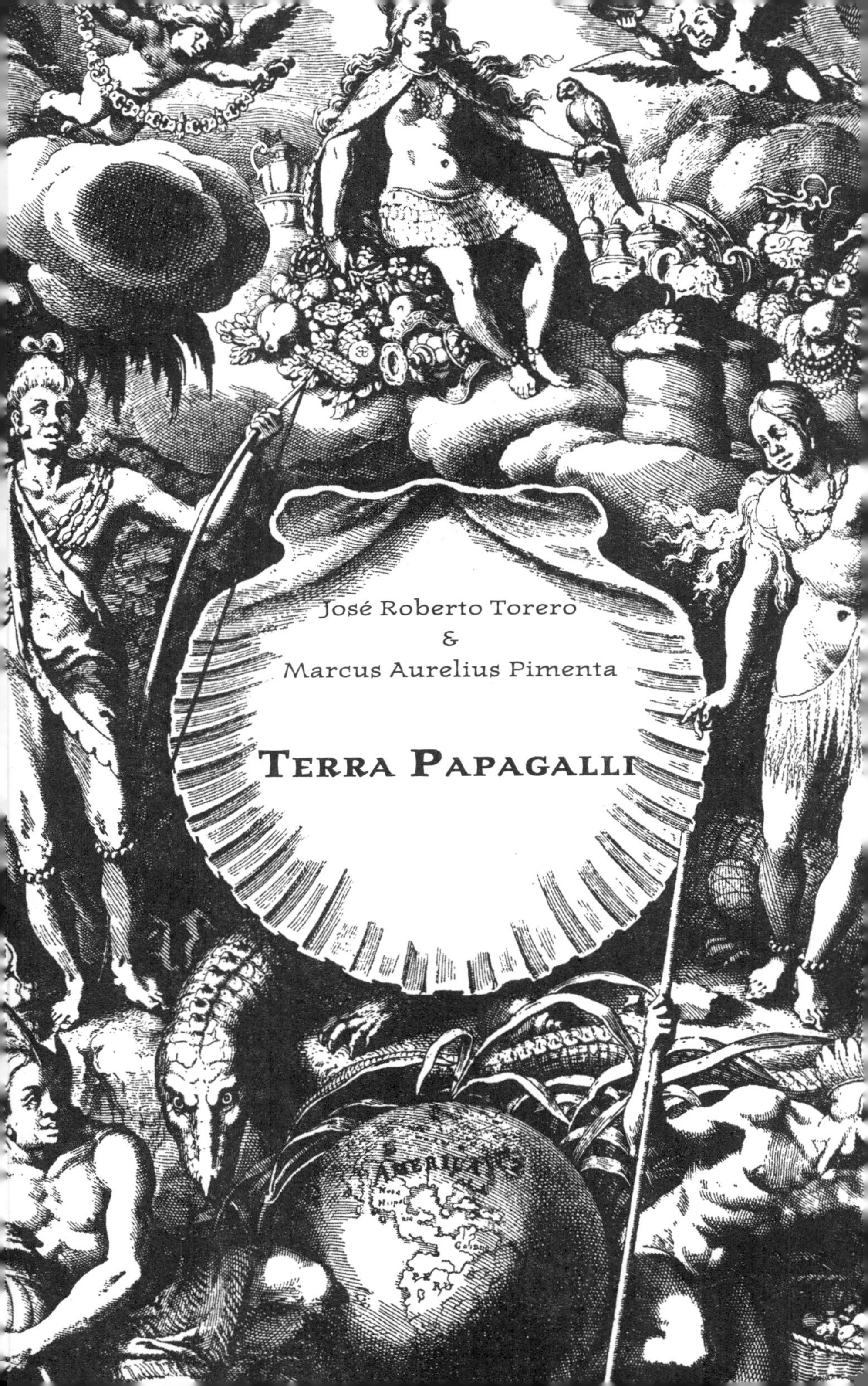

José Roberto Torero
&
Marcus Aurelius Pimenta

Terra Papagalli

EDITORA OBJETIVA LTDA.,
rua Cosme Velho, 103
Rio de Janeiro – RJ – CEP: 22241-090
Tel.: (21) 2556-7824 – Fax: (21) 2556-3322
www.objetiva.com.br

Projeto gráfico e capa: Marcus Wagner

Revisão: Fátima Fadel
Tereza da Rocha
Umberto Figueiredo

Editoração: FA Editoração Eletrônica

2000

T676t

Torero, José Roberto, 1963 - & Pimenta, Marcus Aurelius
Terra Papagalli: narração para preguiçosos leitores da luxuriosa, irada, soberba, invejável, cobiçada e gulosa história do primeiro rei do Brasil / José Roberto Torero e Marcus Aurelius Pimenta - Rio de Janeiro: Objetiva, 2000

189p. ISBN 85-7302-296-5

1. Literatura brasileira — Romance 2. Brasil — História — Descobrimento — Ficção. I. Título

CDD B869.3

Agradecimento a Meus Dentes

Os escritores dos tempos de agora fazem os mais diferentes agradecimentos na abertura de seus livros. Há os que se curvam aos reis pelo soldo que os mantém no ócio, os que reconhecem a importância de suas esposas por lhes trazerem vinho nas noites frias e os que louvam ao deus de Abraão, Isaque e Jacó pela criação do mundo, sem o qual, reconhecem mui sensatamente, não teriam muito do que falar.

Eu, porém, como estou a escrever uma carta e não um livro, agradeço apenas a esta dúzia de marfins amarelados que ainda se prendem à minha gengiva, feitos para sorrir às senhoras, arrancar as rolhas das garrafas, morder os inimigos e rasgar a carne, de modo que, sem eles, não procriaríamos, não beberíamos, lutaríamos pior e morreríamos de fome. Aos dentes, fiéis companheiros, devo minha demora neste mundo, pois bem penso que a vida é tão-somente um susto entre o nascer e o morrer, e, às vezes, para alargar o caminho entre o berço e a cova, vale mais o afiado canino que a aguda filosofia.

Humilde Dedicatória ao Conde de Ourique

Santo Ernulfo disse que o homem é o mais faminto de todos os seres que andam sobre a Terra, pois não possui apenas a fome da boca, que se sacia com carnes e frutos da terra, mas muitas outras, cada uma vinda de uma parte do corpo:

* dos ouvidos, vem a fome de música;
* dos olhos, a de belas paisagens;
* do nariz, a de bons cheiros;
* do cano, a de mulheres;
* da mente, a de sabedoria, e
* da alma, a de Deus.

Caso seja isto verdade, senhor conde, estes meus escritos esperam saciar, ao menos, três de vossas fomes. A primeira, e mais importante, será a fome de Deus, pois aqui tereis provas da grande bendição que cai sobre aqueles que crêem na sua força e no seu poder, armas tão necessárias como a faca e a espada para quem teve a desgraça de passar por confins tão ferozes quanto desconhecidos.

A segunda será a fome dos olhos. É certo que não haverá neste livro nenhum desenho, mapa ou mesmo rabisco, mas, usando minhas palavras como pincel, pintarei alguns homens, vários animais e uns tantos costumes de ultramar.

Por fim, espero ainda fartar a fome da vossa mente, que com certeza muito anseia pelas singularidades do mundo e pelas novidades dos povos. E digo que não vos servirei descabidas mentiras e gigantescos exageros, como fazem alguns escritores pensando em tirar dinheiro dos tolos, mas antes alimentarei vossa mente com fatos verdadeiros que, por serem reais, nos atiçam mais a curiosidade que a mais fantástica das lendas.

Antes de encerrar, sinto-me ainda na obrigação de citar outra vez o grande Ernulfo, que disse que os erros são tragédia para quem os comete e comédia para quem deles ouve falar. Portanto, ride das minhas aflições e aprendei com elas.

Do humilde servidor e criado que beija vossas nobres mãos e augustos pés,

Desta vila de Buenos Aires, hoje, 17 de abril da Era do Senhor de 1536.

Cosme Fernandes,
dito Bacharel

Dos Ventos que me Levaram a Lisboa

Começo por dizer, senhor conde, que meu pai chamava-se Melquisedeque e minha mãe, Raquel. Os dois serviram no castelo do barão de Marbella, onde foram leais servos. Meu pai — e disso dão fé os livros dos feitos notáveis — até mesmo perdeu uma perna na batalha de Torremolinos contra a malvadíssima gente mourisca. Nesse combate feriu de morte a dezassete janízaros, mostrando-se valente como um tigre para preservar a vida desse nobre que, mui sabiamente, escondera-se num barril.

Como reconhecimento por tal prova de valor, deu o dito barão ao meu pai a soma de 6$500, e ele, com este óbolo, meteu-se no comércio de noz-moscada, pimenta e demais temperos das Índias. Os negócios começaram bem, seguiram melhor e prosperaram de tal modo que aquela cidade ficou pequena e nela não cabiam mais os seus desejos.

Daí vê-se, caro conde, que pouco pode o homem contra o apetite de sua cobiça, pois, se nada tem, dá graças a Deus por umas migalhas de pão; porém, se tem as migalhas, passa a desejar também uma sardinha frita; então, se ganha a sardinha, isto já não lhe basta e ele quer agora um belo bacalhau cozido e, se Deus é servido de lhe dar o bacalhau, passa a achar isso pouco e sua barriga não se contentará com menos do que uma baleia temperada com o melhor dos azeites.

Assim foi e a fome de prosperidade fez nascer no seu coração a vontade de mudar-se de Marbella para Portugal. Arranjaram-se as coisas e partiram no ano de Nosso Senhor de 1480, chegando a Lisboa no mês de setembro. O Senhor, que tudo governa, fez com que minha boa mãe desse-me à luz antes de chegarmos ao porto, como que predizendo que meus dias estariam ligados ao mar e seus perigos. Sendo meus pais judeus e sendo aquela gente pouco amável com os filhos de Moisés, tomaram por bem adotar a fé cristã e batizaram-me, ainda no convés, com o nome de Cosme Fernandes.

Fui uma criança gorda, que mamava até a última gota do leite dos peitos de minha mãe. Meu pai, quando via a sofreguidão com que eu me abraçava e sugava o seio materno, dizia: "Este há de ser glutão ou devasso."

Além de bom profeta, era meu pai bom comerciante. Aos estrangeiros vendia especiarias, marfim e açúcar da Madeira; para os portugueses, porcelanas, estofos, brocados, veludos e tapeçarias, pelas quais davam mais do que traziam na bolsa e, por isso, viviam pagando juros de suas dívidas. Era coisa de ver, senhor, como as mulheres morriam por uns panos só porque meu pai lhes dizia que assim era o gosto em Castela ou que com esses tecidos se vestiam as damas do grão-vizir. Grandes riquezas juntou e logo pôde comprar um sobradado na Rua Nova, com alpendre, salão, três câmaras de dormir, um oratório e uma casinha de mijar.

Acontece que quem semeia o trigo da vitória nunca deixa de colher o joio da inveja, e assim foi conosco. Com o nosso bom estado se afligiram alguns portugueses e começaram a dar notícia por toda a Ribeira de que guardávamos o sábado e recitávamos orações judaicas.

Nada se provou contra nós; porém, vai tão desconcertado este mundo que o juízo da calúnia é, às vezes, mais poderoso que a sentença da lei e, mesmo achados inocentes, éramos culpados perante o tribunal da opinião. Para calar a boca dos maldizentes foi necessária uma atitude que comprovasse nosso abraço à fé cristã e é aqui que entro na história, senhor, pois meu pai, para provar a sinceridade de nossa crença em Jesus, decidiu fazer-me clérigo.

Em que Conto Sete Anos de Minha Mocidade

Fui, então, com a idade de doze anos, enviado para o mosteiro de Bismela. Digo, em honra à virtude, que, se não era verdade que praticávamos ritos judaicos, não era mentira que nada falávamos de Deus em nossa casa; porém, sendo criança, não me custou aprender as santas lições, principalmente por serem povoadas de boas histórias. O melhor de uma religião são suas fábulas e na Sagrada Escritura encontrei homens alados, burros falantes, heróis de vastas cabeleiras, cidades incendiadas, milagres, apedrejamentos, muitos assassinatos e não poucas histórias de amor e traição, de forma que não me foi difícil abraçar a fé cristã.

Como estava entre os beneditinos, havia ainda abundância de canto e livros, o que eu muito apreciava. Tinham esses padres uma grandíssima biblioteca, onde gastei sete anos a ler vidas de santos, histórias de guerras e livros de filosofia, como os de Santo Ernulfo. Só não morria de amores pelas aulas de latim, pois todo o gosto que eu tinha em ler, perdia-se nas leis da gramática. Pensai, caro conde, nas carnes e no esqueleto de uma mulher. Às carnes queremos abraçar e conhecer por inteiro, mas o esqueleto, que sustenta e dá forma ao corpo, nos dá tanto pavor e aflição que jamais queremos vê-lo. Pois a gramática nada mais é que um esqueleto e suas aulas para mim eram um castigo que começava nos ouvidos, com as declinações, e terminava nas mãos, com as pancadas.

De como Aprendi a Primeira de Todas as Línguas

A boa alma que nos ensinava latim era o mestre Videira, ou melhor, *magister* Videira, como ele fazia questão de ser chamado. Tinha setenta anos e, além de gramatista, era o confessor de uma nobre família que morava três léguas ao norte do nosso mosteiro.

Todas as semanas ia ele até essa gente absolvê-la dos seus pecados, e era do seu costume fazer de almocreve o melhor estudante de sua disciplina. Aconteceu, senhor, que naquele mês de agosto do ano de 1499, Deus foi servido de dar-me o cobiçado prêmio.

Devo, porém, pela minha natural honestidade e pela sinceridade deste depoimento, declarar que não aprendi repentinamente a língua de Virgílio. Na verdade, como não confiasse nas virtudes da memória, passei a copiar as desinências numa folha com letra miúda e colocá-la no capuz, servindo-me, com discrição, desse bilhete nas sabatinas. Dessa forma ficou-me o latim à cabeça, se não por dentro ao menos por cima, e assim consegui a boa recompensa daquele passeio.

A caminhada levou quatro horas e foi toda de sofrimentos e provações. Não pelo caminho, que era sem grandes escaladas ou terrenos pedregosos, mas pelo *magister* Videira, que reclamava do frio e do calor, das subidas e das descidas, da sede e do gosto da água dos riachos. Porém, mais que tudo, queixava-se dos alunos pouco estudiosos, dizendo que nem todos eram como eu. A essa reclamação lhe respondi: "*Quem dii oderunt, paeda jogum facerunt*", que quer dizer: "A quem os deuses odeiam, fazem-no professor". Acho que ri e ele também, mas, como não tinha dentes, pode ter sido apenas que eu quisesse entender assim.

Chegando ao castelo, que não era dos maiores, com um pátio interno modesto e uma capela muito simples, *magister* Videira rezou missa e eu o ajudei nas funções. Sua pregação versou sobre os sete pecados, dois dos quais, mal sabia eu, ainda cometeria naquele dia.

O primeiro foi logo depois da missa, quando fomos almoçar com aquela família. A comida foi variada e farta, o que era grande júbilo para quem vivia de pães, azeite e sardinhas; tanto que, por mais que tentasse, não pude conter a gula. O repasto foi o segundo melhor que já passou pela minha humilde garganta e uma prova disso é que dele não consigo esquecer, mesmo tendo-se passado tantos anos:

* sopa de cogumelos,
* queijos de Serpa,
* pães recheados com alho e pimenta,
* pato com alecrim,
* arroz com açafrão e
* um excelente e cheiroso vinho do Lamego.

Para meu espanto, *magister* Videira, que era magro como um franciscano, e, como já disse, tinha as gengivas calvas, também provou de tudo e muito, e só parou de comer meia hora depois que já tínhamos terminado. Fiquei pensando que isso explicava o porquê de ele fazer tamanha caminhada uma vez por semana: não desejava apenas alimentar a fé daquela família, mas também a de seu estômago.

Isso mostra, senhor, que nobres atitudes às vezes são frutos de desejos ordinários; embora muitas vezes tenha presenciado o lado contrário desta verdade, com ações vis servindo às mais elevadas causas. Destes dois casos haverá variados exemplos nestes papéis; porém, como dizem os retóricos, é errada coisa pôr o comentário antes do fato. Falemos então do meu segundo pecado.

Enquanto *magister* Videira ia ouvir as confissões da dona da casa, o senhor fidalgo mandou que sua filha levasse-me até a cozinha a fim de me servir uns doces. Lá havia uma legião de compotas, todas tão bem adornadas e coloridas que era um regozijo para os olhos. Como já havia caído em tentação com os salgados, pensei que não havia mal em pecar com mais alguns doces, desde que jejuasse depois, porque a religião ensina que há grande alegria pelo justo, mas maior alegria pelo pecador que se arrepende.

Não soube, contudo, qual das compotas deveria provar: se a de cidra, mais ácida; a de maçã, mais suave, ou a de nêspera, mais exótica. Enquanto comia um bocado de cada uma, percebi que a filha do conde olhava-me firmemente. Só então reparei que era fermosa, bem afigurada e que tinha os cabelos da cor da noite. Esse breve olhar para ela acendeu-me o lume da curiosidade e, sem saber o que dizer, resolvi perguntar seu nome.

"Chamam-me Lianor e tenho vinte e dois anos, mas preferia ter cem e estar à espera da morte."

Frente a essa afirmação exagerada e bem ao gosto das mulheres, dos jovens e mais ainda das jovens mulheres, não pude fazer outra coisa senão engasgar, mas parece que ela entendeu meu pigarro como "conta-me agora toda a tua vida", porque começou a falar desatadamente e numa carreira tão rápida que só a muito custo a consegui entender:

"Minha história é muito desventurada e dói-me o peito a cada vez que nela penso, mas, como sei que queres ouvi-la, vou contá-la para ti: Eu gostava muito de cavalos; meu pai também e, como não tenho irmão, ele levava-me todas as tardes a passear pelas cavalariças. Tu não podes imaginar a felicidade que era para mim estar no meio daqueles belos animais, ajudando na lida e montando. Até então ele cuidava sozinho da cavalhada, mas como sofria das dores de almorrãs, contratou um moço para ajudá-lo. Chamava-se Diogo Ferrão e, como eu, amava os cavalos."

E aconteceu, senhor conde, que tão logo disse isso, ela ergueu um pouco mais sua cabeça, calou-se por um instante e ficou a fitar-me, deixando-me em grande perturbação. Eu, muito embaraçado, apenas disse: "hum...", o que ela pareceu entender como "continua a contar a interessante história de tua vida":

"Os cabelos de Diogo eram negros, assim como os teus; os olhos verdes, assim como os teus... (essas são, senhor, as palavras tais como ela disse, porque tão certo como sois nascido de mulher, sempre tive os olhos muitíssimo pardos), as faces rosadas como as tuas... e lábios vermelhos como os teus... (e dizendo isso meteu os dedos sobre meus lábios, com o que estremeci). Nós ficávamos muito tempo juntos nas cavalariças e, por dividir o amor aos cavalos, multiplicou-se a estima que tínhamos um pelo outro e nos enamoramos. Ele pediu-me em casamento, mas meu pai, que me queria esposa de um velho fidalgo, disse que se fosse para ver sua filha casada com um cavalariço, preferia vê-la viúva. Mandou então que dessem uma moedela de paus em Diogo e o jogassem na estrada. Nunca mais o vi e nem tive notícias. Há de estar casado. Eu sei que nem devia falar dessas coisas, ainda mais com um estranho como tu, mas é que te pareces tanto com ele que só de olhar para ti meu coração já dispara. Escuta."

E ao dizer isso, senhor, ela pegou minha mão e colocou-a sobre o seio esquerdo. Confesso que nada escutei, pois naquele instante era eu todo mão e nada ouvidos. Ficamos uma eternidade naquele arranjo. Pensando bem, talvez tenham sido só uns poucos instantes, mas quando se trata de amores ou de guerras, quem é que entende de relógios? Enquanto minha mão continuava pousada naquele alvo monte, meus olhos encontraram os dela. Logo compreendi que aquelas esmeraldas não eram de mortal, mas de serafim ou qualquer outra criatura celeste, porque fui tomado de tamanho êxtase que, se pudesse, teria ficado ali os restantes anos da minha vida. Porém, minha mão, mesmo agarrada a tão macio fruto, começava a ficar dormente.

Ela então levantou-se e me conduziu por estranhos e úmidos corredores, levando-me para o que parecia ser a despensa do castelo. Lá, em meio ao perfume das frutas, despiu sua capa verde, sua opa vermelha de veludo, sua saia de seda, seus sapatos bicudos de cordovão preto, sua fraldilha de algodão e, depois, vendo que não conseguia mover-me, tirou-me o hábito. Era aquela a primeira vez que contemplava uma mulher em peles e achei-a mais bela do que qualquer Vênus que já tivesse visto em quadros ou iluminuras. Todo meu corpo estava retesado, embora o equador mais que os pólos. Lianor não se importou com minha falta de ação e, como sábia professora, ensinou-me as primeiras letras da mais antiga das línguas.

Das Juras de Amor

O povo miúdo diz que há males que vêm para o bem, mas, tivesse a gente um pouco de miolos, diria também que há bens que vêm para o mal. Aqueles momentos, por exemplo, estão entre os mais ditosos e felizes de minha vida, mas lançaram-me uma terrível maldição que contarei daqui a pouco. Por hora, tornemos àquela despensa, onde, após termos ofendido a Deus,

Lianor e eu deitamo-nos um nos braços do outro, nus como Adão e Eva.

Estando a sós entre aquelas frutas e compotas que eram o nosso Paraíso, sentimo-nos ainda mais unidos e juramos amor eterno. Peguei então nas suas mãos e perguntei se conservaria a fidelidade se nos separassem, e ela, beijando a cruz do colar, que era sua única veste, respondeu:

"Outros olhos não me verão, outras mãos não me tocarão."

Depois, acariciando-me o rosto, perguntou se faria o mesmo, e eu, empunhando uma grandíssima faca que lá havia, respondi:

"Meu coração é teu! Se quiseres, arranco-o agora mesmo, pois de nada adiantará conservá-lo longe de ti!" Confesso que tais palavras hoje me soam exageradas e não parecem ter saído da minha boca, mas assim é a mocidade e assim são seus juramentos. Demo-nos então longos beijos e nos vestimos.

Que Vai da Cozinha à Cela

Voltando à cozinha, tivemos ainda a boa fortuna de que ninguém nos visse; na verdade, a mais alta das sortes, porque em menos de um segundo chegaram o *magister* Videira, chupando uns biscoitos, e a mãe de Lianor. Os dois vinham sorrindo e ela logo disse à dona dos meus pensamentos: "Vai lá dentro, filha, e traz as rosquinhas de alfenim que separei para os nossos amados padres."

Num quarto de hora voltamos à estrada e em menos de meia légua o *magister* Videira dormia em cima da besta. Sozinho e sem ter com o que me distrair, comecei a viver um terrível martírio. Separado de Lianor, tudo eram tristezas e desolações. Só um pensamento me dominava: voltar para lá e ficar ao lado dela o maior tempo possível. Para isso, qualquer preço era pequeno, mesmo estudar latim. Os seus olhos verdes, os seus cabelos negros, a sua pele branca, tudo eram só lembranças, o que vale dizer, dores e torturas. Para abrandar meu sofrimento, peguei uma das rosquinhas e a fui mastigando com vagar, porque, como disse Santo Ernulfo, "Se a vida não é doce, come doces".

Chegando ao seminário, principiei a escrever uma muito longa carta para Lianor em que falava do meu penar, da minha angústia, das minhas saudades e da felicidade que tinha em sentir tudo isso. Mas era trabalho inútil, porque mal avançava uma linha e logo vinha o rosto de minha senhora tomar minha mente e impedir que a pena avançasse. Não preciso dizer que errei no canto, que me distraí nas rezas e que só dormi quando o cansaço era tal que me custava manter abertos os olhos.

Porém, vinda a manhã, toda a minha alegria desapareceu com um acontecimento que é muito de se lamentar. Enquanto ia pelo corredor a caminho das matinas, o mestre de disciplina agarrou-me pelo braço e levou-me com toda a pressa à sala do *magister* Videira. "Eu logo vi que não eras pau de boa lenha", disse ele com má cara. Eu lhe perguntei o porquê daquela ira, mas ele apenas respondeu que, se fosse por ele, queimava todos os da minha raça.

Quando entrei na sala, lá estavam ainda o prior e o padre ecônomo. Na mesa havia um garrafão de vinho, biscoitos, ovos, uns fartéis e a cesta com as rosquinhas que trouxemos do castelo. Pediram então que me ajoelhasse.

O *magister* Videira ergueu-se e, depois de olhar para os outros e sussurrar uma breve reza, falou comigo assim:

"Tenho a impressão de que o noviço deveria ter feito a confissão ontem à noite..."

Foi como se o céu tivesse desabado sobre a minha cabeça. Meu coração desatou a bater, meus olhos não enxergavam nada e um suor frio nascia em minha testa. Descobriram tudo, pensei. Alguma serviçal deveria ter testemunhado o nosso ato e o havia denunciado ao senhor fidalgo. Minha doce Lianor devia estar sofrendo, talvez sendo açoitada. Esses pensamentos todos passaram pela minha cabeça e eu, aflito com aquela grandíssima opressão, atirei-me ao chão e dei um berro que todos no convento ouviram.

"Perdão!"

"Então reconheces que erraste e mereces ser castigado?"

"Errei! Errei! Só peço que não toquem nela!"

"Como poderíamos tocar? Já a perdeste para sempre."

"Deixei que o diabo guiasse as minhas mãos!"

"E também a tua boca."

"Também, também..."

"Terás que pagar por esse erro."

"Só eu devo ser castigado! Ela não fez nada!"

Magister Videira olhou-me então com grandes olhos, como se estivesse diante de um doido, mas não fiz caso disso, abaixei a cabeça e, entre lágrimas, continuei minha confissão:

"A culpa foi toda minha. Eu sugeri que fôssemos até a despensa! Eu a seduzi como uma vil serpente! Eu a desnudei! Eu me aproveitei de sua inocência e pequei contra sua castidade! Sei que já não sou digno de me tornar um pregador da palavra de Deus. Pagarei com devoção e ofertas mil vezes a penitência que me derdes! Voltarei à minha casa e manterei silêncio sobre isso. Apenas não castiguem a gentil Lianor, pois nunca houve criatura mais bela e virtuosa sob o céu!"

Os padres olharam-se muito assustados e por um tempo não souberam o que dizer. Por fim, levantou-se o prior e pediu que eu também me erguesse. Então falou comigo:

"Por caminhos tortuosos o Senhor nos faz ver coisas que os nossos olhos não podem enxergar, pois, como diz o salmista: 'o meu pecado está sempre diante de mim'. Louvado Seja Deus!"

"Louvado seja!", disse mestre Videira, e eu completei dizendo "Amém".

"Na verdade, noviço Cosme, nós o havíamos chamado para esclarecer isto."

Deu-me então um bilhete escrito pela mãe de Lianor e que dizia o seguinte:

"Meu bondoso prior,

Aí vão algumas rosquinhas de alfenim que preparei para o vosso santo deleite. São elas doze, como doze eram os apóstolos de Nosso Senhor. Orai por nós."

"Como diz o bilhete, meu bom ex-monge, havia na cesta uma rosquinha para cada apóstolo. Porém, muito em seu siso, o nosso *magister* Videira resolveu contá-las quando chegou ao convento, só achando onze. Era a confissão desse delito que queríamos ouvir da vossa boca, mas tamanho é o poder de Deus e o seu cuidado em manter puro este lugar, que te fez confessar uma ofensa muito maior. *Gloria in excelsis!* Vai para a tua cela."

Passaram-se duas horas e eu, endoidecido, só pensava nas injustiças do destino. Não podia ser, caro conde, que um tão perfeito amor fosse perder-se por uma rosquinha de alfenim. Na solidão da cela, rezava com fervor e sinceridade por Lianor, por mim e por outros mil milagres que nos livrassem da vergonha, gritando muitas vezes em altos brados: "Manda, Senhor, os teus anjos e liberta-me dessa terrível aflição!"

Porém, quando por fim a porta se abriu, vi entrarem por ela não serafins, mas dois soldados do povoado e um deles me disse: "Vai saltando, judeu fornicador, que vamos te emendar agora!", e o outro: "Má forca que te enforque, filho da cornuda! Vais aprender o que fazemos com quem abusa das mulheres!". Eu me levantei e pedi que se sentassem para escutar minha história, mas todo o seu ouvir foi esmurrar minha cabeça até que suas mãos doessem. Quando acordei, já estava novamente em Lisboa, mas não na casa de meus pais, como esperava, e sim num calabouço.

Que pela Primeira Vez Fala de quem Muito se Ouvirá

Estando no cárcere, ainda a sentir os golpes do destino e dos soldados, passava as horas a imaginar o que seria de mim: fosse Lianor sem nome de família, eu nada deveria temer, mas, sendo seu pai nobre, bem podia ser que perdesse minha cabeça. Para consolar-me, considerei que, sendo judeu de nascimento e cristão por batismo, o Todo-Poderoso bem poderia ter ânimo dobrado para interceder em meu favor, mas, pelo que veio depois, parece que considerou-me um duplo herege.

Após duas semanas de prisão, soube por um guarda que todos os bens de meus pais haviam sido confiscados e eles haviam sido embarcados para Flandres, guardando a dor e a revolta por não lhes deixarem fazer nenhuma apelação. Não me concederam nem o favor de vê-los pela última vez e só vim a ter notícia deles muitos anos depois, mas isso, pelo menos, aliviou-me a tristeza, porque soube que puderam recomeçar sua vida na cidade de Gand, onde envelheceram em paz e morreram como calvinistas.

De Lianor disse que corria o boato de que estava trancafiada na casa do pai e que pensavam arranjar-lhe casamento. Fiquei perturbado ao ouvir tais coisas e perguntei-lhe se poderia levar um bilhete para ela, mas o homem — muito sensatamente, reconheço — não quis arriscar a vida pela causa de um prisioneiro. Por fim, falou que eu levantasse as mãos aos céus porque, graças ao testemunho do *magister* Videira dizendo que eu era ótimo aluno, minha pena fora convertida de fogueira em degredo.

E aconteceu que por ali fiquei ferrolhado, sem ver nem os raios do sol nem a luz ainda mais fulgurante dos olhos da minha honesta senhora, o que me partia o coração. Passava os dias numa sala miúda, cercado de malfeitores, e creio que se não fosse o fumo de alecrim que acendiam, teria morrido da peste. Era todo o meu comer uns pães duros, tripas cozidas e uma sopa muito rala. Digo, senhor conde, que essa merenda tanto mal me fez que por pouco não se acabaram ali mesmo os meus dias, porque se os males do coração nos maltratam, os do estômago nos matam.

Assim foi até que, ao cabo de dois meses, veio um oficial e disse que eu fora matriculado para um embarque. Mesmo sabendo dos perigos do mar, fiquei contente com a notícia, pois já não suportava a escuridão, a sujidade, os ataques dos ratos e aquela ração do diabo.

Da viagem que se aprontava, soube que havia de fazer vela em março e que seu destino eram os palácios do grande Samorim, nas terras que os que voltaram da viagem de Vasco da Gama diziam chamar-se Calicute. Do comandante, uns diziam que seria Bartolomeu Dias, outros que Duarte Pacheco Pereira e outros que Diogo Cão, no que todos erraram porque ao cabo escolheu-se um fidalgo que jamais havia subido numa embarcação.

Já se passaram trinta e seis anos desde esse dia, senhor, e deveis estar bem acostumado com as muitas histórias que contam das navegações, mas não posso deixar de dizer-vos o quanto era grandíssimo o alvoroço que tomava conta da cidade, pois não se falava em outra coisa a não ser nas riquezas dessas terras e também nos temperos de Mombaça, Sofala e Melinde, que podiam ser vendidos em Lisboa por sessenta vezes o seu preço, de modo que muitos vinham para embarcar e procurar remédio de vida.

Faltando uma semana para levantar âncora, chegou à prisão moído de pauladas um que se chamava Lopo de Pina. Como era de natural desenfadado, logo tornou-se amigo de todos. Falava muito e, onde eu só enxergava fadigas e trabalhos, via ouro e riquezas. Não se cansava de consolar-me dizendo que éramos bem-aventurados pois, enquanto muitos vinham das mais distantes partes do reino e dariam suas vidas para meter-se numa nau, nós iríamos às Índias sem ter que esperar nem pagar por nada. Falava que seríamos deixados nas terras do Samorim e ali, depois de aprendermos a língua dos infiéis, prosperaríamos no comércio das especiarias.

Eu lhe respondia que isso era confiar demasiado na fortuna, e que, para mim, mais valia ser mendigo em Lisboa que degredado no meio de um povo incréu, mas o poltrão dava-me as costas e cantava: "Ir para Goa é coisa boa; ficar em Lisboa é vida à toa."

Esse Lopo de Pina, de quem ainda muito falarei, parecia conhecer todas as cantigas desonestas que há no mundo e era dado a zombarias. Com uma semana de prisão tornou-se nosso embaixador, reclamando da comida e dos maus-tratos. Não era alto, mas mais que meão, tinha olhos muito vivos, bonita feição e cabelos à maneira de avermelhados. Era do termo de Ervidel e, segundo nos disse, estava ali por ter sido acusado, mui injustamente, da morte do próprio irmão.

Este se chamava Nuno e, no testamento deixado pelo pai, ficara com as melhores terras da família. Lopo de Pina disse que essa injustiça não diminuiu o amor que tinha pelo irmão e que o acontecido fora apenas má fortuna. Estavam a caçar javalis e, ao dar ele um disparo, por obra do vento ou do demônio, a seta desviou-se de maneira tal que, em vez de acertar o pescoço do animal, entrou pela orelha esquerda do irmão. Falou-me isto com lágrimas nos olhos e eu, comovido, abracei-o.

Em que Digo que me Calo para que Fale um Diário

Digníssimo senhor conde, durante a viagem que fiz pelo mar Oceano pude dispor de algum papel de palha e um resto de tinta, com o que escrevi um pequeno diário de bordo. Tomarei a liberdade de acrescentar tais páginas a esta carta, pois acredito serem a mais eficaz e eloqüente descrição daqueles dias. Talvez falte um pouco de estilo na escrita, mas em troca tereis o frescor dos sentimentos *in petto* e das observações *in loco*.

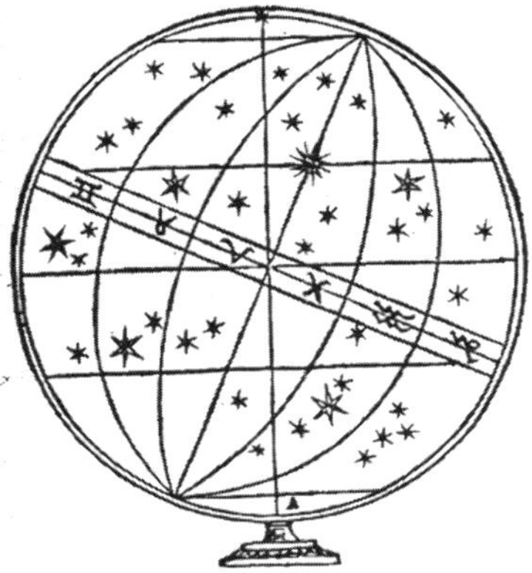

Diário de Viagem de Cosme Fernandes,

que mui destemidamente atravessou o mar Oceano e foi o primeiro a ver e pisar a Terra dos Papagaios

PRIMEIRO DIA, 9 DE MARÇO, SEGUNDA-FEIRA

Chegamos ao Tejo pela manhã. Antes de embarcar, olhava para os lados na esperança de encontrar Lianor, causa e remédio das minhas tristezas. Quando estávamos a um tiro de besta da nau, não sei se por efeito da muita tristeza ou da fome, mas olhando para o céu, vi que as nuvens tomavam a forma de seu perfeito rosto, que apareceu sorrindo para mim.

Aquela visão pôs-me num estado de tamanha sandice que desatei a chorar, e então, reunindo todas as minhas forças, olhei para o alto e arranquei do peito o mais potente grito que jamais dei em minha vida: "Espera-me que eu me guardarei para ti!", mas quando pensava que ia ouvir sua maravilhosa voz respondendo lá de cima: "Também eu me guardarei, meu adorado!", ouvi apenas a de um soldado inclemente que deu-me com um pau nas costas e disse: "Anda, bode judeu!"

Foram essas as últimas palavras que ouvi em terras portuguesas antes de entrar nesta nau que vai comandada por Pedro Álvares Cabral, fidalgo que jamais capitaneou um barco mas que está a comandar a maior esquadra já reunida em todos os tempos, com treze naves muitíssimo bem armadas. Puseram-me num canto da embarcação juntamente com Lopo de Pina e outros vinte condenados que não conhecia.

Partimos de Belém com bom tempo e mar tranqüilo. A grande cidade de Lisboa foi se apequenando à nossa vista até desaparecer, ficando só os cumes da serra de Sintra e a grande cópia de caravelas, navios, barcas, batéis, galeões, almadias, bergantins e fustas que se amontoavam na Ribeira.

Mas isso tudo já se foi e neste instante só estamos a ver águas e céu.

10 DE MARÇO

Eu e os outros degredados estamos amontoados no cavername da nau, perto de um lugar onde ficam as lonas, estopas, cordoalhas e uns odres de vinagre. Como só há aposentos para os oficiais, à noite dormimos expostos ao tempo e sendo pisados pelos grumetes.

Tudo cá é novidade. É grande maravilha ver a força das ondas a bater no casco e a multidão de golfinhos e peixes. Os marinheiros riem-se de nós e não perdem ocasião de falar de monstros e tempestades. Outros contam de calmarias em que não sopra o vento, onde passa-se tão grande fome que os homens reviram os olhos e têm alucinações. Se queriam meter-nos medo, conseguiram.

Como nada sabemos uns dos outros, andamos todos com feição de briguentos e isto o fazemos a fim de parecer valentes. Mordi os lábios e franzi o cenho durante toda a manhã, o que me deixou com dores na cara.

Porém, à tarde Lopo de Pina começou a falar tonterias e a fazer momices. Com isso, desarmou os espíritos de todos e à noite conversávamos como velhos amigos.

12 DE MARÇO

Se não fosse pela lembrança de meus pais e de minha amada, hoje teria sido um dia feliz. O mar esteve calmo e Lopo de Pina folgou com todos. É um de seus gracejos preferidos pôr-se a batizar as pessoas com novos nomes. A um lavrador da serra da Estrela que tinha um nariz grandíssimo apelidou Narigueta, a um ourives barrigudo chamava de Nove Meses e assim por diante. Chegando-se a mim, disse a todos que eu era estudante de Teologia e, depois de rezar numa língua que dizia ser a dos anjos, falou: "Tu és nosso bacharel e enquanto o mundo for mundo assim falarão de ti e por este nome serás lembrado. *In nomine Domine per omnia saecolum saeculorum.* Amém." Passaram então a chamar-me Bacharel e já ninguém diz Cosme Fernandes.

13 DE MARÇO

Hoje nos puseram a consertar os buracos de algumas velas, a limpar os mastros, lavar o convés e ajudar os calafates. Já estamos todos mais à vontade e, sempre que podemos, nos juntamos para conversar e contar histórias.

Os homens que estão sendo desterrados comigo vieram de várias partes do Reino e seus delitos e atos vergonhosos poderiam encher um livro maior que a *Suma Teológica.* Porém, deles não posso me queixar, seja porque a solidão do mar os torna bons, seja porque as muitas incertezas sobre o futuro não lhes deixa tempo para serem maus. São estes os seus nomes e as razões pelas quais foram desterrados:

* Álvaro, Miguel e Gaspar Vaz por serem salteadores na região de Penafiel. Eram procurados havia três anos. Só conseguiram prendê-los porque, depois de assaltarem um carregamento de vinho, beberam o roubo em vez de vendê-lo, no que foram encontrados desmaiados à beira da estrada;
* Amador Fróis por ter chamado um ouvidor de Cu das Gentes;
* Antonio Rodrigues por ter matado um vendeiro;
* Baltazar Gançoso por pregar que não há maldade em deitar-se com as filhas;

* Vicente Colaço por ter encontrado sua irmã em desonesto recreio com um homem e tê-lo passado ao fio da espada, não reconhecendo, por estar bêbado, que o tal homem era o duque de Rabaçal;

* Simão Caçapo por ter roubado e vendido um mapa secreto;

* João Ramalho por ter dito que a religião é um engodo e é asno quem dá dinheiro aos padres;

* Afonso Ribeiro por ter abusado de uma freira;

* Gregório Camelo, o Narigueta, por ser judaizante;

* Gil Fragoso por ser sodomita;

* Rui Quintal, por ter declarado seu sítio em Taveira independente de Portugal;

* Pires Gatão, por ter sido encontrado sob a cama da rainha;

* José de Sant'Anna por vestir-se de padre para pedir esmolas;

* Luís de Moura por levar o povo de Boa Vista a espancar um coletor de impostos;

* Joaquim de Penosinhos, alcunhado Nove Meses, por ter matado a mulher que muito roncava. Contou que já ia a oito anos que sonhava com furacões e que não se arrepende do que fez;

* Jácome Roiz, que se dizia boticário, por ter inventado um laxante que matou mais de vinte pessoas em Torres Vedras;

* Duarte de Landiove por ter propagado os poderes de um preto seu escravo, que fazia feitiçarias de amor por trinta réis;

* e Valério de Arcacy, que era notário, por ter posto nomes maus nas cartas que os marinheiros lhe pediam que escrevesse para suas mulheres.

16 DE MARÇO

Hoje demos vista das ilhas Canárias e muito nos regozijamos. Depois, com céu limpo, navegamos a pique até chegar a Cabo Verde. Até agora nenhuma tempestade nos sobreveio e com isso vamos bem confortados e na esperança de chegar com vida às Índias, onde cada um dará solução aos seus males.

Como não há muito o que fazer a bordo, fomos aos dados. Venceu João Ramalho, que fala pouco mas joga com arte. Devo-lhe doze réis. Por não termos moedas, Lopo de Pina anota tudo em papéis para que os acertos se façam em Goa. Perdeu ele 95 réis.

24 DE MARÇO

Depois de uma semana de muitos enjôos e não menos vômitos, torno a escrever. Estamos chegando na vizinhança da linha imaginária que os sábios dizem dividir a Terra. Os grumetes murmuram entre si que as águas começarão a ferver e as naus queimarão. Isso nos assusta, pois aumenta grandemente o calor e a nossa roupa já se gruda à pele. Antonio Rodrigues chegou a se jogar ao mar porque disse que queria morrer nele ainda frio; porém, foi resgatado.

25 DE MARÇO

Atravessamos a Linha que divide o mundo e nada nos aconteceu. Louvado seja o Senhor.

28 DE MARÇO

Hoje passamos o dia a conversar sobre as várias terras que há abaixo da Linha, as quais ninguém conhece a não ser de ouvir dizer.

Jácome Roiz falou que gostaria de ir às ilhas Afortunadas, onde há uma nação de grande adiantamento.

“Lá”, disse ele, “minhas experiências me dariam riqueza e nomeada.” Valério de Arcacy disse que iria procurar uma ilha que se chamava de São Brandão, onde o ouro era tanto que podia ser achado a um palmo debaixo da terra. João Ramalho só não queria ser deixado na ilha do Pranto Eterno, onde todos passam o dia a se lamentar. Afonso Ribeiro morria por naufragar na ilha das Mil Mulheres, que até hoje não se sabe ao certo onde fica, porque os marinheiros que lá chegam jamais voltam para dar notícia. Nove Meses disse que faria companhia a Afonso, desde que as mulheres de lá não roncassem. Simão Caçapo preferia que aportássemos na Terra da Juventude, onde nunca envelheceria, e Vicente Colaço dizia que qualquer lugar onde não houvesse nem muito frio nem muito calor lhe bastava, e que só tinha medo de cair na ilha do Inferno, onde há montanhas de gelo e Judas guarda as portas da casa do Diabo. Lopo de Pina escarnecia de todos e dizia que melhor era ir para as Índias, de onde vinham as especiarias, e que isso era coisa vista e não fantasias.

30 DE MARÇO

Estou com uma tremenda caga-merdeira. Ponho essa enfermidade na conta dos infinitos biscoitos que comemos, porque já não nos dão mais carne e legumes por estarem com corrupção, e as galinhas são só para os capitães. Esse biscoito é, na verdade, uma porção de farelo com pêlos de rato e pernas de barata. São muito fedorentos e como ficam em paióis pouco arejados, logo adquirem bolor. Contudo, a doença não foi de todo má, pois, cuidando dos males do corpo, acabei por esquecer os do espírito. Digo que tudo na vida são dores e é feliz aquele que tem grande variedade delas, pois assim, ainda que não sofra menos, de enfado não sofre.

31 DE MARÇO

(Perdeu-se a parte inicial referente a este dia)... e então um preto veio nos trazer a ração de biscoitos e, logo que deu as costas, conversei com Jácome Roiz sobre o porquê de haver homens dessa cor no mundo. Ele disse que são assim por causa do sol forte que bate em suas terras, o que acaba por torrar-lhes a carne. Antonio Rodrigues, que ouvia a conversa, ficou com medo de enegrecer de tanto estar ao sol e foi para o cavername. Diz que vai ficar ali até o final da viagem para depois não ser vendido como escravo.

3 DE ABRIL

Hoje choveu e passamos o dia no convés para dar lugar aos marinheiros no cavername. Na falta de melhor assunto, ficamos a discutir sobre qual seria a forma do mundo. Rui Quintal disse que a Terra é plana e está sustentada sobre duas grandes tartarugas, pois viu uma ilustração com esse desenho em Elvas. Gil Fragoso concordou com ele, porém disse que a Terra não devia estar apoiada sobre tartarugas, mas sobre elefantes, pois todos sabem serem os elefantes muito mais fortes do que as tartarugas. Para que não me tomassem por parvo, citei Ptolomeu Antíoco, que escreveu que o globo terráqueo flutua mergulhado n'água pela metade. Simão Caçapo disse que éramos todos estúpidos, porque no mapa que vendeu a Terra era redonda como uma maçã. Jácome Roiz disse ter ouvido que um grande comandante de nome Calombo provara que o mundo tinha a forma não de uma maçã, mas de uma pêra, e que na parte mais alta ficava o paraíso. Nove Meses disse que, se o mundo deve espelhar o Criador, deve ter a forma de um triângulo ou de pirâmide, pois são três as pessoas de Deus: o Pai, o Filho e o Espírito Santo, e explicou ainda que no alto da pirâmide fica Jerusalém. A maioria aplaudiu esta teoria como a mais acertada, mas Pires Gatão falou que isto era uma asneira, pois se assim fosse estaríamos sempre caindo mundo abaixo e a água já teria escorrido pelos lados.

8 DE ABRIL

Já estamos viajando há um mês e o desespero toma conta de todos. O único fazer que nos resta são os dados, embora os padres nos proíbam de jogar. Lopo de Pina já é o maior devedor e só a João Ramalho terá que pagar três mil e quinhentos réis. Disse que honrará seu débito tão logo chegue a Goa e se transforme num rico mercador. Foi a primeira vez que ouvimos a risada de João Ramalho, que é sisudo feito um mastim.

10 DE ABRIL

Santo Ernulfo observou na parte final do tomo I da *Opera Stultorum* que a monotonia é mãe do desespero, e posso afirmar que não há tonteria nessa afirmação. A falta do que fazer está quase a deixar-me louco. Se pelo menos houvesse uma ilhota para observarmos, isso já nos daria assunto e ocupação. Quase chego a preferir que a nau fosse a remos.

Porém, no tomo II da mesma obra, Ernulfo observou que, se a monotonia é mãe do desespero, também é tia da filosofia. Lembrei-me disso porque passei todo o dia a raciocinar e desenvolvi uma teoria que me pareceu de muito boa lógica. Sua premissa é a seguinte: “Dois são os órgãos que comandam os homens: o cérebro e o estômago.”

O cérebro é a morada das idéias altas, como os raciocínios e as deduções. Tanto isso é verdade que não é raro que nos doa a cabeça depois de muito pensarmos num problema de aritmética ou de lermos várias páginas de São Tomás.

Mas há também o estômago, onde se abrigam as idéias baixas, como a sede e o calor, a fome e o frio, o ódio e a paixão. Os seguidores de Hipócrates hão de perguntar-me por que essas idéias teriam morada no estômago e não nos miolos junto com as outras. E eu não lhes daria apenas uma resposta, mas duas:

* na primeira diria que, quando sentimos fome ou sede, é enchendo o estômago que as cessamos. Também o frio diminui se comemos e nos refrescamos ao mandar líquidos para as vísceras. Do mesmo modo, a paixão nos dá um frio na barriga e, quando é ódio o que sentimos, embrulha-nos o estômago.

* na segunda argumentaria que todas essas coisas, o frio e a fome, a sede e o calor, o ódio e a paixão, nada mais são do que apetites, seja de roupas ou comida, água ou vento, vingança ou coito e, como sabe qualquer parvo, os apetites têm lugar no estômago.

13 DE ABRIL

Nestes dias vai tudo com a graça de Deus. Não vimos tempestades e nem demos com a nereida Galatéia, de modo que navegamos sem grandes pesares nem maiores alegrias. Tenho a barba e os cabelos mui compridos e minha pele está curtida como a de um mouro.

Hoje o capitão mandou chamar Duarte Pacheco Pereira, que vai numa das naus da armada. Como estava logo acima deles a consertar uma vela, pude ouvir o que conversavam. O capitão lhe disse que o alimento já rareia e perguntou se ainda demoravam muito para chegar. Duarte Pacheco respondeu que ficasse tranqüilo, porque, pelo que lembrava, era coisa de dez dias. Não entendi por que disseram isso, pois, pelas minhas contas, temos ainda três meses de mar antes de avistarmos os palácios do Samorim.

16 DE ABRIL

Já há doentes na nau e começam a sofrer delírios. Uns dizem que a peste vem do comer apenas biscoitos, outros que da água salobra e uns outros que isso é por causa da malícia dos ares pestíferos. A enfermidade que os ataca faz caírem os dentes e crescerem as gengivas de um modo tão medonho que ficam disformes como os monstros dos bestiários. É uma chaga muito maligna, porque, ficando sem a dentição e com as carnes da boca inflamadas, nada podem comer e morrem em poucos dias.

O padre sangrador ordenou que cortassem as partes inchadas dos doentes a fim de lhes purgar o sangue corrompido, mas isso de nada adianta e hoje morreram três homens, dentre eles o Nove Meses. Nas vésperas, lançamos seu corpo às águas.

17 DE ABRIL

Passei a noite de ontem a pensar em Lianor e em como farei para tornar a vê-la tão logo ponha os pés em terra. Falei com um mouro que ia conosco e era conhecedor das terras d'além Pérsia. Disse-lhe que planejava sair de Goa, juntar-me a uma caravana de beduínos e cruzar as veredas da Arábia até chegar a Damasco, de onde poderia subornar os turcos para seguir num barco até Gênova.

Ele me disse que fizesse o que bem entendesse, mas que a chance de sobreviver às tempestades, escapar dos salteadores, achar clemência no coração dos otomanos e, por fim, chegar vivo em Lisboa era de uma em mil. Ao ouvir isso, fui até a amurada e derramei duas lágrimas que caíram ao mar, lembrando-me os versos de Tristão Machado:

> "Perdi-te, amiga, e pus-me a chorar,
> e assim dias passei, quem sabe um ano...

Tantas foram as lágrimas a derramar,
que quando vi, tinha chorado o Oceano."

A tristeza daqueles versos deixou-me em tão profunda melancolia que tive vontade de atirar-me às águas e dar cabo de minha vida.

Amanhã morrerei!

18 DE ABRIL

Não morri.

O homem precisa de poucas alegrias para crer na vida e ter a certeza de que é abençoado por Deus. Bela é a existência! Louvado seja o Senhor!

Hoje pela manhã, enquanto dava um giro pelo convés para escolher de onde daria meu salto para o mistério, armou-se uma cerração que logo nos cobriu por riba e pelos lados, de maneira que não se enxergava mais que um palmo à frente do nariz. Por baixo as coisas não iam melhores e as águas nos atiravam de um lado a outro. Como muitos diziam que o mundo tinha a forma de tábua e acabava numa queda d'água, cuidamos que a névoa e a agitação do mar eram sinais de que nos aproximávamos do grande precipício.

Nunca poderei dar conta de escrever o que aconteceu naquele momento, porque os homens começaram a correr em grande desespero para todos os lados, clamando por São Pero Gonçalves e gritando "Salva, salva, oh, corpo santo!". Muitos jogavam coisas ao mar, como que arrependidos da sua cobiça, e Lopo de Pina jogou até mesmo a folha em que marcava as dívidas dos jogos. Outros corriam em busca dos padres e, chorando, queriam confessar-se. Era tão grande a aflição que uns subiam por cima dos outros e um moço de convés foi passado ao fio da espada porque queria comungar antes de um arcabuzeiro.

Pegaram então os padres uma imagem da Virgem do Rosário e, para que os homens quietassem, começaram a entoar ladainhas e a pô-los em bom arranjo, no entendimento de que fariam correr uma procissão.

Diante da serenidade dos santos homens, fomos aos poucos nos acalmando e, como num milagre, a dita procissão ordenou-se e deu uma volta inteira pela nau, com grande vozearia de cânticos e orações misturadas sem nenhum regimento.

E assim foi que, depois de terem dado quarenta voltas, que é o exato número de anos que o povo judeu ficou a vagar pelo deserto, começou o nevoeiro a dissipar-se. Depois de mais sete voltas, que são as pragas do Egito, já podíamos ver com clareza e logo divisamos as outras embarcações. Então demos grandes louvores ao Senhor.

19 DE ABRIL

Alguns homens quiseram pegar-se com Lopo de Pina por haver jogado fora o papel em que se marcavam as dívidas dos dados, mas ele disse que assim fez porque o nevoeiro havia sido uma prova da ira de Deus contra o jogo. João Ramalho e Valério de Arcacy ficaram muito contrariados, mas a maioria aceitou a explicação de boa-fé. Eu, que mais devia do que tinha a receber, calei-me.

Mais à tarde, na hora da ração, perguntei-lhe se era verdade que havia jogado fora o papel por ser temente a Deus. Ele respondeu que entre a dívida com os homens e a dívida com o Pai Celeste, preferia pagar a segunda. Ia dizer eu alguma coisa, mas assustei-me com um verme esbranquiçado andando no meu biscoito. Antes que o jogasse ao mar, porém, Lopo de Pina de pronto o pegou e comeu.

Em seguida, ainda de boca cheia, falou que todo o mistério do homem é que ele precisa comer, pois, se não come, morre, e morrendo, é ele quem vira comida. Então perguntei: “Queres dizer que é melhor estar com vermes na barriga do que estar na barriga dos vermes?" E ele respondeu: "Isso é o mundo, meu Bacharel: quem não come é comido."

22 DE ABRIL

Logo de manhã alguns fura-buxos voaram por sobre as naus e com isso agitaram-se todos, por serem estes sinais da proximidade de terra.

Isto era por volta da hora nona e aconteceu que um soldado deu-me um pontapé e mandou-me ir consertar uma vela que tinha-se rasgado. Subi até o cesto de gávea e então aconteceu algo de que muito me orgulho e demonstra que o Altíssimo, ao menos uma vez, voltou seus grandes olhos para mim. E foi isso que avistei ao longe o cume de um monte e depois dele, logo atrás, umas serras. Com toda a força gritei então: "Terra à vista!"

Olhando para baixo, vi que o convés estava cheio e havia enorme alvoroço, de modo que os degredados, os
marinheiros e os padres abraçavam-se, não se importando com hierarquia ou odores.

Navegando naquela direção vimos que se tratava de uma ilha, que o capitão Cabral deu por bem nomear Vera Cruz. Tem ela muito arvoredo e assim nos alegramos e demos graças a Deus, porque nos mandava frutas e água fresca.

Então, com muito gosto, jogamos o resto dos biscoitos ao mar.

23 DE ABRIL

Tendo acordado cedo, fui até a amurada e, estando a admirar o nascer do sol, notei que um marinheiro da nau de Gaspar de Lemos acenava para mim e gritava alguma coisa que eu não entendia. Olhando então com mais cuidado para a praia, vi umas criaturas semelhantes a macacos, que andavam muito eretas e apontavam para nós. Porém, conforme a luz do dia a tudo ia clareando, pude ver que não eram animais e sim oito ou nove homens pintados de carmim e preto, e armados de arcos e flechas.

Passou-se um tempo com muita conversação entre os capitães e então Pedro Álvares ordenou que se baixasse um batel e nele fossem Nicolau Coelho, o escrivão Caminha e alguns soldados para entender-se com aquela gente. Depois, olhando para nós, disse a Nicolau Coelho que escolhesse uns degredados, porque poderia haver precisão. Veio ele até nós e, apontando com o dedo, escolheu a Afonso Ribeiro, João Ramalho e também a mim, o que muito lamentei.

Seguimos então àquela praia, em direitura à boca de um rio. E no que íamos chegando rente à margem vieram eles e agora já eram vinte. Vimos que eram pardos, rijos, altos e estavam nus como na primeira inocência. Pareciam alvoroçados e agitavam seus arcos, falando numa língua que não podíamos entender. Eu tremia muito e esperava que não me escolhessem para ir ter com eles.

Nicolau Coelho olhou para nós, mas vendo que estávamos espremidos uns contra os outros, levantou-se e fez ele mesmo um sinal com as duas mãos para que os selvagens baixassem as armas. Quis Deus Nosso Senhor que eles percebessem a nossa boa intenção e, para alívio nosso, depuseram os arcos.

Com isso animou-se e arremessou o gorro vermelho que usava. Eles o pegaram e pareciam maravilhados com aquela fazenda, porque a puxavam com grande curiosidade e admiração. Nisso veio um até mais perto e jogou seu sombreiro de penas em nossa direção. Foi esta troca de chapéus a primeira relação que com esses estranhos seres tivemos.

Nicolau Coelho então deu ordem que fôssemos ficar no meio daquela gente. Fui o primeiro a sair do bote e quando pus os pés na areia, tive toda a certeza de que iriam matar-me. Eles, porém, mostraram-se pacíficos e apenas queriam tocar os nossos corpos, mexendo em nossa roupa e puxando nossas barbas. Muitas palavras nos disseram, mas não podíamos decifrar sua razão e o pouco entendimento que deles tiramos veio dos gestos e sinais que fizemos.

Quando voltamos à nau, eu, Afonso Ribeiro e João Ramalho mentimos muito, dizendo que não sentimos medo e que até gostaríamos de lá voltar amanhã.

24 DE ABRIL

Parece que o Grande Arquiteto escutou nossa pavonada de ontem e quis nos mostrar como é grave o pecado da mentira, pois eu, Afonso Ribeiro e João Ramalho fomos novamente mandados a terra.

Quando lá chegamos, vieram duzentos gentios até os batéis estendendo-nos a mão como a pedir presentes. Nicolau Coelho, que já ia muito confiado, dava-lhes carapuças e manilhas, e por essas coisas morriam como as cachopas de Lisboa por uns brincos de Lion.

E aconteceu que hoje vieram algumas mulheres, todas com cabelos muito pretos e compridos, pintadas com aquela tintura e nuas como Eva, mas disso não faziam conta. Quando as vimos, acendeu-se em nós o natural lume da luxúria e por mais que quiséssemos parecer sisudos, não podíamos deixar de muito olhar para as suas ancas e também para os seus peitos. Eram limpas e tinham suas partes altas e bem cerradinhas. Os rostos não eram bons, mas ainda assim havia gosto em olhar para elas. Naquele momento, encomendei-me a Lianor, e com o muito pensar nela, pesou menos aquela má intenção.

26 DE ABRIL

Neste domingo de Páscoa decidiu-se rezar missa em terra, e esta há de ter sido a primeira celebração do Deus verdadeiro e único naquela ilha. Trouxemos a maior cruz que havia a bordo e ela foi colocada no centro de uma clareira.

Apenas com a presença do santo madeiro transfigurou-se a mata numa bela igreja natural, pois se não tínhamos luxuosos pilares, havia belos troncos de árvores, e se não tínhamos santos nos altares, havia graciosos papagaios que nos observavam piadosamente.

Enquanto esperávamos a pregação, foram chegando também os gentios e em pouco tempo já eram mais de uma centena e nos cercavam. Temi por mim, mas então pensei que Deus não nos daria uma morte justamente quando dávamos prova da nossa fé rezando entre pagãos selvagens, e assim aconteceu.

Ao ver tamanha quantidade de homens nus, frei Henrique teimou que não podia rezar missa. O capitão-mor, que era homem iroso e de palavras duras, disse que não se importasse, porque Adão e Eva quando estavam nus eram mais puros do que quando se cobriam com folhas, e que ele acabasse com aquilo pois queria sair logo dali. Frei Henrique disse então que podia aceitar os homens, mas apontou para uma gentia de uns sessenta anos e falou que ela não poderia ficar. Pedro Álvares, quase perdendo a paciência, gritou-lhe que deixasse de beatices, pois era tão feia que inspirava antes castidade que pecado.

Frei Henrique deu-nos então, em voz cantada, uma rica lição das palavras divinas, falando da expulsão do Éden e de como o homem deveria proceder para tornar à terra abençoada. Tudo deu-se no mais santo silêncio e só o canto dos muitos pássaros fazia coro às palavras do frei. Porém, quando terminou de pregar e nós nos levantamos, fizeram os naturais grande bulha e começaram a dançar e a tanger cornos e buzinas.

Frei Henrique ficou a olhar para aqueles homens por muito tempo e sem dizer nenhuma palavra, talvez pensando se eram aqueles seres inspirados por Deus ou pelo demônio.

30 DE ABRIL

Terminamos de carregar as naus e vamos bem guarnecidos de lenha, água e mantimentos. Já estávamos felizes e a fazer planos quando, depois do meio-dia, correu a notícia de que o capitão-mor ia deixar alguns degredados na ilha para fazer amizade com os naturais e aprender sua língua. Essa novidade nos deixou em muito mau estado, porque era intenção de todos ir para as Índias onde se podia fazer comércio. É grande o temor de sermos deixados aqui, porque, no meio dessa gente bárbara, que remédio de vida haveremos de ter?

Afonso Ribeiro disse que nada adiantava o medo e que o melhor era fazermos apostas sobre quem ia ficar no Porto Seguro, que foi o nome que deu Pedro Álvares àquela região, por ser lugar de águas mui tranqüilas e protegido por arrecifes. Os irmãos Vaz foram os mais apostados. Pensei que essa era realmente a mais sábia das escolhas, pois, unidos pelo sangue, não haveria outros que melhor se fizessem companhia.

À noite rezarei ao Pai Supremo para que ilumine a inteligência do capitão-mor, a fim de que escolha os irmãos Vaz para ficarem com aquela gente.

1º DE MAIO

Pedro Álvares nos pôs a todos no convés e percorreu a fileira mui lentamente, olhando nos olhos de cada um. Quando passou por mim, tive o pensamento de que se ficasse ali nunca mais veria minha adorada. Roguei então ao Todo-Poderoso que me poupasse, pois havia homens muito mais criminosos do que eu e que mereciam, eles sim, perecer entre os selvagens. Cogitei em pedir aos céus que também fossem poupados meus amigos, como Afonso Ribeiro, João Ramalho, Antonio Rodrigues, Pires Gatão, Jácome Roiz e Lopo de Pina;

mas, pensando melhor, podia ser que Deus se confundisse com tantos nomes e salvasse um deles, deixando-me por lá; então pedi que se lembrasse apenas de mim.

Veio novamente o capitão-mor e, passando mais uma vez a vista sobre nós, apontou a Afonso Ribeiro e a Amador Fróis para ali ficarem.

Era coisa de ver, senhor conde, aqueles dois homens duros e experimentados perderem as cores da cara e como, de joelhos, começaram a chorar feito mulheres. Olhando para eles e pensando no seu infortúnio, aconteceu de ficarmos perturbados e também choramos, mas não sei se o fizemos porque eram como nossos irmãos ou se pela alegria de não sermos nós a ter o seu destino.

Não se mudava, porém, o semblante do capitão-mor e, quando diminuiu o alarido, disse que ali ficavam os dois para aprender a língua dos gentios e conhecer seus costumes, pois a terra que havíamos achado era para ser estação de refresco das naus na carreira das Índias. Falou também que por esse

serviço resgatavam a dívida que tinham com el-Rei que, sendo piadoso, os poupara da morte.

Grande pesar sentimos quando Afonso Ribeiro e Amador Fróis foram abandonados na praia. E depois, vendo-os tentarem alcançar-nos a nado, consideramos como éramos felizes, pois seríamos deixados em terras da cristandade e, ao cabo de dois ou três anos, podíamos voltar para o reino ricos e com distinção pelos trabalhos de ultramar.

Por minha fé, foi no que pensei todo o dia, vendo-me em boa roupa e trazendo caros perfumes para adorno da minha Lianor.

Do Fim que Teve o Diário

Infelizmente, bom conde, aí se acaba meu diário, porque no dia seguinte, quando estava a escrever no convés, passou por mim o próprio Pedro Álvares e tomou a folha e a pena de minhas mãos, dizendo, depois de dar-me um soco no nariz, que aquela era uma viagem mui secreta e aquilo podia servir para que espiões castelhanos descobrissem as novas terras. As páginas que eu já havia escrito, e que estavam num canto do cavername, guardei-as comigo com muito zelo por todos estes anos, e só agora, enviando-as a vós, é que me aparto delas.

Continuo então a narrar minha história naquelas distantes terras, mas servindo-me agora apenas da memória. Garanto-vos que tudo será verdade, apesar de muitas páginas parecerem copiadas desses livretes de aventuras que se vendem pelas feiras.

De um Fato que Demonstra que Depois de uma Tempestade Nem Sempre Vem a Bonança

Continuando nossa derrota ao sul, vimos que aquela terra tinha uma mui grande ladeza e por mais que navegássemos não chegávamos ao seu cabo. Decidiu então o capitão mudar o seu nome para terra de Santa Cruz.

Passada uma semana, estando nós à vista de uma mui grande ilha, escureceu o céu como se fora um breu e entrou novamente a soprar um vento muito forte. Parecia, senhor, que todos os aguaceiros celestes vinham abater-se sobre nós. Não demorou um Pai-Nosso e caiu o dito dilúvio, com grande legião de trovões, relâmpagos e ondas tão violentas que, quando batiam na nau, a tombavam para os lados e, por não saber agarrar-se às cordas, Pires Gatão foi levado pelas águas.

A tempestade durou até alta noite. Na manhã seguinte, com mar tranqüilo, navegou-se para perto de outra ilha mais ao sul, onde descobrimos uma baía e ali parou a frota. Tinha aquela entrada coisa de duas léguas de comprido e se via no fundo uma mui grande serra.

Pensei que Pedro Álvares iria apenas fincar uns padrões para dar posse do lugar a D. Manuel e partir, mas quando olhei para a sua cara percebi quantos maus presságios nela havia. Então chamou frei Henrique a um canto, falou com ele e foi para o camarote. O homem de Deus veio até nós e o que nos disse é tal e qual está escrito abaixo:

"Meus amados, o Criador nos concedeu a grande vitória do achamento dessa terra que, pelo alto tratado assinado pelo sumo pontífice, é tão nossa como as ruas de Lisboa. Disso devemos muito nos orgulhar, pois os nossos nomes serão lembrados de geração em geração. Mas Deus, em seu infinito amor, quis mais perfeitamente agraciar a sete servidores seus, dando-lhes a bênção de serem apóstolos de Cristo nesta terra, aqui ficando para grande inveja minha e de todos."

E aconteceu, senhor, que sendo nós dezoito homens fortes e rijos, naquele instante não achávamos firmeza segura em nossos pés, porque a última coisa que podíamos querer era ficar naquele ermo remoto. Em voz baixa, comecei a rezar, dizendo ao bom Deus que preferia penar no purgatório a ser um dos sete que ficariam naquela ilha.

Veio então o frei até mais perto de nós e tornou a falar:

"E eis, meus amados, que foram estes os escolhidos para louvor e glória do nome de Jesus Cristo nesta terra de pagãos: Jácome Roiz, Antonio Rodrigues, Lopo de Pina, João Ramalho, Simão Caçapo, Gil Fragoso e...

Permiti-me, caro conde, um aparte em meio a esta passagem. Há autores que condenam as pausas, dizendo que podem causar males ao coração, mas Santo Ernulfo, que tudo pensou, assegura que às vezes o comentário descansa a mente do leitor e é tão valioso quanto a própria história.

Pois nesta pausa, senhor, vos digo que há momentos em que o tempo é lento e outros em que é ligeiro, e isso é tão verdadeiro e inquestionável quanto o fato de que esta pena que agora está em minhas mãos foi tirada de um ganso. Se Vossa Excelência já esperou por uma dama que está a se adornar, sabe que nesse caso os grãos da ampulheta parecem cair um a um. Porém, se já esteve no leito de uma senhora que espera pela volta do marido, sabe que então o tempo voa mais rápido que a águia no céu.

Aconteceu que naqueles instantes o tempo andava a passo tão lento que eu podia pensar em dúzias de coisas enquanto ia escutando o nome dos desgraçados, e assim, entre um nome e outro, pude fazer algum breve comentário para mim mesmo:

Quando escutei o nome de Jácome Roiz, pensei:

"Graças a Deus que escolheram alguém que é douto na medicina e poderá cuidar-se."

Quando o padre falou o de Antonio Rodrigues, disse eu a mim mesmo:

"É homem robusto e será de grande valor para cortar lenha."

Quando ouvi o de Lopo de Pina, lamentei:

"É pena, era o meu melhor amigo, mas pelo menos é homem satírico e saberá encorajar os companheiros."

Quando foi dito o de João Ramalho:

"Graças a Deus que é homem resistente."

Quando veio o de Simão Caçapo:

"Pobre amigo, escreverei para ele de Goa."

E quando foi chamado Gil Fragoso, pensei:

"Mais um e estarei livre."

Então o frei fez uma pausa antes de falar o nome do último condenado. Levantei os olhos para o firmamento e, enquanto ele tomava fôlego, rezei com as seguintes palavras:

"Deus do céu, Pai Todo-Poderoso que tudo sabe e vê, que pune as injustiças e premia os injustiçados, que é sempre bom e vela sempre por nós, não permita que seja eu deixado nestas terras. Se és realmente um pai bondoso e de misericórdia, põe qualquer outro nome na boca deste frei e eu te louvarei para sempre. Amém."

Então disse o frei: "E o último é Cosme Fernandes. Ide em paz. Os outros voltem para seus lugares."

Não poderei dizer, senhor, como aquilo me deixou doido. A um só tempo, ria e chorava, olhava para a terra e para o mar, queria dizer mil coisas mas nenhuma palavra me saía da boca. Vi o barco sendo arranjado para nós, vi os companheiros entrando no barco, vi meus pés seguindo para ele, vi darem-me um remo e, finalmente, ouvi o frei a dar-nos uma última palavra:

"Sois sete, como sete são os pecados, mas não estais a serviço do Príncipe das Trevas e sim a mando do Rei dos Reis. Bem-aventurados, soldados da santa fé. Grande é a jornada que tendes diante de vós, mas maiores serão as vossas forças. Tereis a fúria dos leões da Berbéria e a astúcia dos tigres da Hircânia. Não sofrereis a inclemência dos ventos e a chuva não vos perturbará. Mil serpentes vos atacarão, as bestas-feras vos cercarão, mas vós resistireis. Não sentireis o frio, não tereis sede e não passareis fome. Subireis às alturas como falcões e de lá sereis o sinal celeste a guiar os exércitos de Cristo que virão depois de vós. Amém."

E então ouvi minha voz repetindo: "Amém."

Dos meus Irmãos de Infortúnio

Antes de seguir contando os sucessos desse desterro, devo falar um pouco daqueles seis que para mim se tornaram a única ligação com o mundo. Disse Marco Aurélio que devemos amar os homens a quem a sorte nos associou. Naqueles dias sempre me lembrava dessas palavras do sábio imperador e, como nunca, compreendi a lição que nelas havia.

Jácome Roiz

Era natural de Torres Vedras, onde, aos dezasseis anos, empregara-se como ajudante de um boticário. Ali praticando, resolveu por si fabricar um laxante e vendê-lo no mercado. Dizia que sua medicina era feita com ricas ervas das Índias e podia curar uma pessoa em duas horas. O remédio fez sucesso já no primeiro dia e vendeu trinta vidros. Porém, na manhã seguinte um meirinho amanheceu morto. Depois disso, dezanove almas ainda foram-se ao Senhor, pois era tão eficiente o dito laxante que quem o tomava dava à luz as próprias vísceras.

Fugindo para Lisboa, arranjou-se como serviçal de um rico comerciante, trocando a botica pela cozinha, onde diz ter inventado muitas e soberbas receitas. Ia tudo de bem a melhor até que apareceu por lá a viúva do meirinho e o reconheceu. Jácome Roiz foi preso, levou pontapés e só não o mataram porque estava a nau de partida e acharam que o degredo era melhor castigo.

Antonio Rodrigues

Deste direi que era homem alto, tinha longos braços e grandes mãos. Seu cabelo era preto como a noite e a barba lhe cobria quase toda a cara, ficando só os olhos e a testa de fora. De todos era o mais inconstante e irado, contudo era valente e jamais se cansava.

Estando com muitas dívidas, tentou roubar um carregamento de pimenta que ia para Compostela, mas o vendeiro levava consigo uma pistola e conseguiu acertar o pé esquerdo de Antonio Rodrigues. Foi tanto o ódio que sentiu, que deulhe trinta e três facadas, que eram os anos de Nosso Senhor Jesus Cristo, e dividiu o corpo em três pedaços, porque três são as pessoas da Trindade. Disse-me ele que fez as coisas dessa maneira por ser muito religioso, o que era verdade porque ao acordar rezava um Pai-Nosso e não dormia sem dizer uma Ave-Maria.

Simão Caçapo

Era nascido em Lisboa, na freguesia de Santa Catarina, num sobrado à beira de um morrete de onde se podia ver o Tejo. Seu pai era carpinteiro e tentara por mil modos ensiná-lo na sua arte, mas sendo Simão Caçapo indolente, tudo o que queria era ficar a ver as naus que partiam e chegavam. Um dia, depois de muito escutar as censuras do pai, resolveu ir à Ribeira e ali viver de pequenos serviços de carregamentos.

Os trabalhos pesados, porém, logo o desanimaram e ele pôs-se a procurar algum ofício que lhe rendesse menos canseiras e mais moedas. Como tal graça nunca vem sem risco, tudo o que conseguiu foi a missão de roubar uma carta de marear e entregá-la a um veneziano. Simão Caçapo furtou o mapa, mas, como sói acontecer aos parvos e aos pobres, foi descoberto e nem pôde gastar os dois mil réis que recebera.

48 *Gil Fragoso*

Já sabeis que Gil Fragoso andava em pecado e era sodomita, não lhe fazendo diferença se o vaso era de homem ou de mulher. Era filho de um cirieiro de Extremadura com uma pastora de Trás-os-Montes. Cresceu numa aldeia que se chamava Moncorvo e foi criado em meio a infinitos trabalhos. Porém, por natural inclinação do ser, achava aquela vida indigna e resolveu mudar-se para Lisboa, como muitos que se deixam encantar por histórias de fácil viver.

Na cidade, conheceu a fome, a peste, o desprezo e as surras dos soldados, só deixando essa má sina quando atendeu os rogos lascivos de um francês de nome Trésor, que fazia bengalas. Como aquilo lhe garantia agasalho e barriga quente, esqueceu a religião e cuidou de ficar vivo. O muito praticar, porém, levou ao bem fazer, e ele foi aumentando a freguesia. Tudo ia nessa boa conta até que Trésor descobriu que já não era o único a gozar dos seus favores. Então, por ciúme e despeito, denunciou-o aos padres e estes o mandaram prender.

Lopo de Pina

Sobre este já falei um tanto e acrescento apenas que tinha por defeito nunca conformar-se com seu estado. Se lhe dessem pão, agasalho e vida honesta, não lhe davam nada. Queria ser rico, vestir gibões de Castela, ter mulher fidalga e escravos. Dava ordens com gosto e as ouvia com azedume. Também tinha inveja da sorte alheia, tanto que se visse um outro com roupa melhor ou mulher mais bela, logo as desejava para si. Confessou-me isso numa das tempestades da travessia e jurei jamais dizê-lo a ninguém, mas do dia dessa promessa para cá tantos fatos se sucederam que tenho certeza de que não se importará com essa minha indiscrição.

João Ramalho

Era natural de Barcelos, comarca de Viseu. Tinha cabelos castanhos e lisos. Não era alto, nem baixo. Nada o alegrava, quase nunca ria e falava pouco. Contou-me que era casado com uma mulher de sua terra de nome Catarina. Do motivo que o levara ao desterro, disse apenas que recusara-se a dar dinheiro à igreja e que fora seguido por muitos de sua terra, o que levara um padre a pedir seu degredo para evitar o mau exemplo.

Era bom nos dados, um tanto avaro e dizia que não lhe importava onde o deixassem, pois dava ao diabo o mundo desde que pudesse ganhar o pão. Odiava os funcionários, os padres e quando via um poeta, dizia ter vontade de quebrar-lhe a cabeça.

Da Nossa Primeira Refeição Naquelas Terras

Chegamos à praia depois de remar meia hora. Tudo o que trouxemos de bordo foi um baú com a tampa coberta de couro onde estava desenhada uma cruz latina. Nele havia umas gamelas, duas bestas e quinze flechas, quatro facas, dois crucifixos, um pouco de sal e vinagre, quatro espelhos, uma réstia de alho, um galo e uma galinha, sete barretes, uns mantos e meu diário de viagem, que veio escondido dentro deles.

Chegando a terra, não sabíamos que caminho seguir, pois, tirando o leste, podíamos seguir para qualquer lugar e por isso não nos movemos. Lopo de Pina pregou rijo e disse que não convinha ficarmos abatidos daquela maneira, porque cada minuto perdido era para desgraça nossa. Pediu então que eu falasse qualquer coisa. Como nada me vinha à cabeça, comecei a entoar um *Te Deum laudamus*. Os outros foram juntando-se a mim e formamos um afinado coro, indo um bom pedaço naquele louvor. Ao cabo, o ânimo de todos era melhor.

Como não encontramos caça e a fome era demais, matamos o galo e a galinha, trocando os ovos de amanhã pela carne de hoje. Jácome Roiz, que era o que melhor cozinhava, acendeu um fogo com gravetos e preparou as aves dum modo muito seu, que era assim: pôs os bichos de cabeça para baixo e cortou seus pescoços, cuidando de guardar o sangue numa gamela com vinagre para que não coalhasse; depois picou as aves em pedaços e jogou suas partes na vasilha com sangue, levando tudo ao fogo.

A princípio, aquela comida nos parecia contrária à natureza, mas eu, citando os santos evangelhos, disse: "O mal é o que sai da boca do homem." O ronco de nossas barrigas fez as vezes de amém e nos lançamos à tal receita. Depois vimos que seu gosto era bom e chupamos até mesmo os ossos para tirar deles a última seiva.

Do Maná que Nessas Terras Há

Acordamos com um sol fortíssimo na cara e, estando novamente com fome, Lopo de Pina disse que nos dividíssemos em dois grupos a ver se achávamos frutos ou caça. Ele e mais Antonio Rodrigues e Simão Caçapo foram aos matos do norte, enquanto eu, João Ramalho e Jácome Roiz fomos aos do sul.

Nós não achamos nada, mas eles tiveram a boa sorte de encontrar um caminho como de rato e, seguindo-o, acharam o ninho dum animal semelhante ao lebrão, mas com a cabeça como a da ratazana, cujo nome é cutia. Antonio Rodrigues matou-o com sua besta e o comemos.

Gil Fragoso não foi à caça porque deveria fazer uma cabana, no que revelou engenho e esmero. Usou como colunas quatro árvores de troncos roliços e fez a cobertura com as folhas, que mediam três palmos de largo e bem podiam nos proteger do orvalho. Tinha ainda aquela árvore uns frutos redondos, mas não os quisemos comer por acharmos que tinham veneno.

Para a noite não conseguimos nada e, muito cansados, ficamos a roer os restos e ossos da cutia. Fez-se então o fogo e ficamos ali olhando para ele até não mais poder. Todo o nosso pensar era como obter comida no dia seguinte, porque não éramos nem tão abençoados como Elias, a quem Deus mandou alimentar pelos corvos, nem tão fortes como João Batista, que se banqueteava de gafanhotos.

Tentei dormir para enganar a fome e encostei-me no tronco da árvore de onde tiramos as folhas para nossa cabana. E foi que, olhando para os corpos celestes, comecei a atinar se a Virgem Maria seria mesmo virgem, pois é coisa muito difícil de aceitar que uma mulher fique prenha sem o langanho de um homem.

Então, para mostrar num só ato sua ira e bondade, o Juiz Celestial fez com que uns seus anjos, feitos em macacos — porque muitos são os disfarces dos mensageiros do Senhor — atirassem em mim alguns daqueles frutos. Acordei assustado e, já arrependido de meus pensamentos, notei que um deles havia se quebrado e que no seu interior havia uma carne dura e branca. Como estivesse tonto de fome, encomendei minha alma e engoli um bocado. Para minha surpresa, seu gosto era bom e dava sustentação. Então quebrei dois deles numa ponta de pedra e acordei os companheiros.

Eles ficaram com receio de os levar à boca, mas, depois de eu muito insistir e comer um na sua frente, acabaram cedendo e assim ficaram satisfeitos, posto que a fome já fazia doer suas cabeças. Hoje esse fruto é o deleite dos colonos e muito apreciado na Europa, onde o chamam de cocos, mas mais certo seria se o chamassem de maná, pois também ele caiu do céu para alimentar o povo de Deus.

Que Tem um Sonho e um Pesadelo

Depois de comermos um bom tanto daqueles cocos, voltamos a dormir. Porém, ao contrário dos meus companheiros que ficaram na cabana, preferi deitar-me embaixo de uma árvore, por haver ali mais vento. Logo cerrei os olhos e então tive um sonho, que foi o seguinte:

Vinha eu para Lisboa na proa de um galeão e trazia comigo uma frota de cinqüenta caravelas, todas pejadas de peças de artilharia e soldados. Houve grande comoção à minha chegada e todo o povo acorreu à Ribeira para suplicar que não usasse a força dos meus exércitos contra a cidade; mas, como eu continuasse calado, estavam desesperados.

Foi então que o próprio rei D. Manuel veio à minha presença e, curvando-se, disse que era meu servo e que todos os tesouros de Portugal e das Índias eram meus. Depois suplicou que eu não destruísse a cidade, porque a gente que nela havia era temente a Deus. Ordenei que se levantasse e comecei a falar dessa maneira:

"Senhor mui alto rei de Portugal, acalme-se que venho em missão de paz. Deste reino, que engrandeci com trabalhos e privações, quero apenas uma única jóia e, se ela me for restituída, não só continuarão mudos os canhões dessa invencível frota como selaremos um tratado de eterna paz para tranqüilidade de nossos povos. É essa jóia uma linda senhora que teve má fortuna em sua vida e caiu em pecado por amor de mim, mas que, de mãos dadas comigo, reencontrará duas verdades maiores: a honra e o casamento. Chama-se ela Lianor e, como a nobreza da alma não se separa da nobreza do sangue, é filha de um vosso fidalgo. Fiz com ela um pacto há muitos anos e agora venho resgatá-la."

Tremendo, deu ordem o rei para que a procurassem e logo veio ela trazida por dois soldados. Usava um discreto capuz que era prova de sua honestidade, porque, mesmo depois de muitos anos, escondia sua beleza à minha espera. Quando chegou ao pé de mim, fiz menção de tirar aquele capuz e tornar a ver por inteiro seu rosto e seus cabelos, que eram a memória de todos os meus dias e noites.

Eu já podia sentir seu hálito de hortelã, senhor conde, quando aconteceu uma inacreditável coincidência, pois que naquele exato momento do sonho senti um estranho calor em minha face e, abrindo os olhos, avistei uma criatura monstruosa e horrendíssima pendurada no arbusto que me servia de sombra, e estava a um palmo da minha cara.

E foi que ao vê-la assim, sem preparação de espírito, esfriou-se-me a temperatura do corpo e, pregado no chão pelo terror, entrei a gritar "Sai Diabo! Por Javé! Por Javé! Sai Diabo! Por Javé! Por Javé!" tantas vezes e tão desesperadamente que cuidei que fosse matar do mesmo susto que me pregara. Mas a alimária, serena como Zenão, continuava a olhar-me com aquele seu medonho semblante, o que só me fazia gritar com mais força e, se não me houvessem socorrido os companheiros, teria vomitado meu coração.

Antonio Rodrigues, que vinha com a besta, preparou-se para atirar, mas como a criatura nada fazia, João Ramalho pediu que esperasse, e, armado dum pau, chegou-se até nós, distraindo o bicho enquanto eu me arrastava para dali sair. Depois deram-me água e eu me quietei, mas, pelo muito que havia gritado, passei dois dias sem falar. Passamos então a observar o dito monstro e vimos que pelo espaço de uma hora continuou na mesma posição ou quase, mexendo-se muito lentamente.

É este ser do tamanho de um macaco e parece com os cães felpudos, ditos perdigueiros. Seu aspecto é tremendamente feio e seu rosto parece o de uma mulher mal toucada. Tem as mãos e os pés compridos e grandes unhas. É sua vida trepar em árvores para comer folhas e em tudo o que faz emprega tanto tempo que leva um dia para fazer o caminho que fazemos em meia hora. Por fim, vendo que não nos perturbava, afeiçoamo-nos a ele. Como fazia tudo com lentidão, Lopo de Pina quis chamá-lo Simão Caçapo, mas este protestou e decidimos então dar-lhe o nome de Doutor Preguiça.

E tendo passado quase um mês, estávamos mais contentes e resignados em viver naquela ilha. Da beira da praia não avançávamos mais que duas léguas, de onde avistávamos uma grande serra a oeste, mas nunca a quisemos conhecer.

Vimos mais alguns animais curiosos e nos encorajamos a comer outras frutas. Uma delas parece uma meia-lua, tem casca amarela e grossa como os pepinos e é muito apreciada pelos macacos, que a comem com bizarria. Não sei se já há dela na Europa, mas, desde que a descobri, transformou-se no meu alimento favorito. Na caça, aprendemos mais sobre os costumes das alimárias e já não era difícil voltar com um veado ou alguma lebre.

É verdade que não tínhamos mais camisas e calções, e nem de nossas sapatas restava alguma coisa, porque se haviam perdido e estragado com o muito andar por aqueles chãos. Mas não fazíamos caso disso, pois como ninguém nos via, íamos bem contentes na nossa nudez, e, estando de tudo privados, não havia inveja nem cobiça.

Lopo de Pina fazia as vezes de comandante, distribuindo pela manhã as obrigações, mandando uns à caça, outros a cuidar dos plantados, e assim vencíamos o desânimo.

Um dia, quando estávamos a comer umas daquelas frutas de casca amarela, aconteceu de passar por sobre nossas cabeças uma mui grande cópia de papagaios coloridos, e depois, como se quisessem melhor mostrar sua arte, voltaram uma e várias vezes fazendo grande algazarra, o que nos deixou confortados e agradecidos a Deus, porque mesmo abandonados naquela terra, não se esquecia ele de nos mandar refresco com aquele gracioso espetáculo.

Estando ainda a revoar as aves, Lopo de Pina levantou-se e, apontando para o céu, disse: "Senhores, esses papagaios nos rendem homenagem porque somos os reis deste lugar."

E Gil Fragoso, que achou graça no que ele dizia, perguntou: "E onde estão os súditos, ou esta é uma terra que só tem reis?"

Disse Jácome Roiz: "Nossos súditos são os mosquitos, as serpentes, os veados e as pulgas." E eu falei: "Não vá esquecer o

Doutor Preguiça, porque se o cavalo de Calígula foi senador, nós o faremos ministro do reino."

Vendo que todos gracejavam, João Ramalho, que era amargo como o vinagre, disse que não fôssemos ter idéias, porque logo vinha um mandatário de el-rei e nos metia em ferros, mas Antonio Rodrigues replicou dizendo que era para esquecer Portugal e que estávamos largados naquele canto do mundo. Depois, levantando-se, como sempre raivoso, bradou: "O último de nós que morrer não terá quem lhe feche os olhos."

Gil Fragoso, porém, não fez caso dele e disse: "Mas se esta terra tem reis, também há de ter um nome. Que adianta sermos reis de uma terra sem nome?"

E a isto Lopo de Pina não pôde deixar de responder, porque era como Adão e gostava de dar nome a todas as coisas: "Quando vierem os reis da Europa, das Índias e da Berbéria, e quiserem comprar das nossas ricas mercadorias, diremos que devem tratar com Sua Majestade o rei da Terra dos Papagaios, e assim será ela chamada de geração em geração."

Continuou aquela momice por um bom tempo e, depois de muita troça, disse Lopo de Pina que não ficava bem para a nossa nação ter sete reis, porque diriam nos palácios da Europa que na casa em que muitos mandam, não manda ninguém, e enviariam seus exércitos contra nós.

Sugeriu Simão Caçapo que escolhêssemos um rei, contanto que não fosse ele porque queria ser camareiro real: "Como na Terra dos Papagaios não se usam roupas, não precisarei trabalhar"; Antonio Rodrigues falou que seria o general dos exércitos de macacos; Gil Fragoso prontificou-se a ser o cardeal da Ordem dos Papagaios; Jácome Roiz se contentava em ser boticário ou cozinheiro da Casa Real; e João Ramalho não queria ser nada mas, como insistíssemos, disse que se dava por bem pago em ser embaixador dos matos.

Levantou-se então Lopo de Pina e falou que um de nós dois seria o rei e o outro seria o bobo da corte, e eu respondi: "Então duelemos para ver quem será o soberano da Terra dos Papagaios!"

Daí pegamos cada um um dos remos do batel e começamos a lutar como se fossem eles lanças. Depois de fingirmos muitos golpes, coloquei minha lança na sovaqueira de Lopo de Pina e ele caiu como se tivesse morrido.

Virou-se então Jácome Roiz para mim e bradou: "Louvemos o grande Bacharel, rei e senhor da Terra dos Papagaios!", e pegando-me pelos braços e pernas levaram-me para a beira-mar, onde me jogaram na água. Depois ergueram-me acima das suas cabeças e começaram a exclamar com grande alarido: "Salve o rei! Salve o grande rei dos papagaios!"

Íamos naquela sandice, senhor conde, e eu muito folgado nos ombros deles, quando, não se sabe de onde, veio uma seta agudíssima e feriu-me no braço. Na mesma hora fiquei tonto e só não desmaiei porque o medo e a curiosidade deram-me desconhecidas forças.

Quanto aos companheiros, ficaram muito assustados, mas diga-se em defesa da sua honra que nenhum deles me deixou e, estando eu a gritar de dor, procuravam acudir-me uns, enquanto outros tentavam ver quem havia atirado. Mesmo Lopo de Pina, que tinha ficado no meio da praia fingindo-se de morto, correu até a beira-mar e pôs-se valentemente ao nosso lado.

Naquele momento olhei para o céu e, vendo a multidão de cores das penas dos papagaios, encomendei-me a Deus, considerando quão breve havia sido meu reinado.

Foi quando saíram do mato uns gentios. Eram dez ou doze e vinham dando muitos gritos e agitavam os arcos como se quisessem nos mostrar que eram valentes. Estávamos com muito medo e eu disse aos companheiros que fizessem como Nicolau Coelho e dessem sinal para que baixassem as armas. Fizeram como lhes pedi e os selvagens ficaram divididos, conversando entre si. Decidimos então fazer um pequeno discurso que nos ensinaram na nau, porque diziam que, se o fizéssemos, eles se acalmariam. Adiantou-se Jácome Roiz, que era quem tinha melhor memória, e falou assim:

"Senhores bárbaros, bem-aventurados sois por receberdes os emissários de Sua Majestade, el-rei D. Manuel, o primeiro desse nome. Mesmo sendo nós legítimos donos destes chãos, viemos em missão de amizade e para fins de comércio pacífico entre o seu rei e a nação portuguesa; porém, sabei que se rejeitardes esta prova de mansidão, tereis contra si a ira dos exércitos de cuja valentia e destemor são testemunha os povos da Europa e do Oriente. Aceitai, pois, esta feliz submissão e tratai-nos com a modéstia que cabe bem aos valentes cavaleiros de uma nação que só é poderosa porque é humilde e temente a Deus."

Olharam-nos os gentios por um tempo, mas não houve meio de entenderem o que lhes falamos. Adiantou-se então um deles e, dando pequenos empurrões em Jácome Roiz, fez também um longo discurso na sua língua. Parecia que falava de guerras, porque mordia o próprio braço e dava pancadas no peito e nos seus amigos, e assim achamos que nos queria dizer que eram de uma nação poderosa e temida pelos seus contrários.

Resolvemos então levá-los para a cabana a fim de fazer resgates com as coisas que trazíamos para os deixar em branda disposição. Chegando ali, deu-lhes João Ramalho umas facas, mas eles as seguravam com muito medo, sem saber como usá-las, e um deles cortou o próprio dedo.

E aconteceu que, sem que eu me desse conta, sentou-se um deles do meu lado e começou a amassar uma erva até dela sair uma resina de cheiro suavíssimo. Vendo que me assustava, virou-se e fez sinais como a dizer que aquilo fecharia o corte. Parecia a folha de um pessegueiro e destilava um leite que, posto sobre a ferida, fez estancar o sangue e em dois dias tirou dela todo o sinal. Em troca desse serviço, dei-lhe um crucifixo e ele ficou tão contente que, se lhe pedisse para ser meu escravo até o fim da vida, aceitaria de bom coração.

Os gentios admiravam-se da brancura de nossa pele e passavam-lhe a mão com força, como para tirar alguma tinta que nos estivesse cobrindo. Olhavam também para as nossas barbas e alguns punham folhas em suas caras como para nos imitar, e disso riam-se muito.

Decidiram então que deveríamos seguir com eles e nós pouca conta fizemos de resistir, indo muito calados e entrando pelos matos que ainda não conhecíamos. De vez em quando davam com as flechas nas nossas ancas, mas era isso antes gracejo que ameaça, pois já folgavam conosco e só alguns ainda nos olhavam com má cara.

Isso passado, entendemos que já não tinham disposição de nos matar, principalmente por estarem muito admirados dos barretes, pentes e espelhos que havíamos trazido da nau, e desse episódio tiro, senhor conde, o primeiro dos conselhos que têm que aprender aqueles que querem vir para estes lugares:

Primeiro Mandamento
Para bem viver na Terra dos Papagaios

Na Terra dos Papagaios é preciso saber dar presentes com generosidade e sem parcimônia, porque os gentios que lá vivem encantam-se com qualquer coisa, trocando sua amizade por um guizo e sua alma por umas contas.

Dos Tupiniquins

Para que o senhor conde possa melhor entender as coisas que daqui por diante narrarei, é necessário gastar algumas linhas, não tantas que o façam dormir, na descrição dessa gente e suas usanças.

Do seu nome direi que são tupiniquins; da sua cor, que são pardos à maneira dos mouros; de seus braços, que são rijos, de modo que um deles pode carregar com folga três dos nossos; dos seus pêlos nada conto porque não os têm, e dos seus cabelos direi que os cortam em forma de meia esfera, sendo muito parecidos com os frades.

De suas festas, conto que são um não mais se acabar de tanto beber, e o seu vinho, dito cauim, é feito de uma raiz que não há no reino e que chamam aipim ou mandioque. Duram de dois a três dias e consistem em muito beber e quebrar a cabeça uns dos outros. A estes festins demos o nome de cauinadas, e, no primeiro de que participei, a bebida pareceu-me um tanto forte, no princípio animando-me a cantar como um rouxinol, depois deixando-me molengue feito peitos de velha e por fim tirando-me tanto o juízo que passei a noite tentando ensinar o Pai-Nosso a um papagaio.

Que Mostra Saberem os Gentios que o Hoje é o Ontem de Amanhã

Chegando nós à parte ocidental da ilha, fomos dar em uma povoação onde havia mais de trezentos deles. Todos se alvoroçaram e queriam nos ver e tocar. As mulheres nos davam tapas e socos e as crianças puxavam nossas barbas.

Nessa aldeia haviam nove ou dez grandes casas de uns vinte palmos de altura e oitenta de comprido, todas com três ou quatro portas pequenas, de modo que só se podia entrar nelas de gatinhas. São apoiadas em estacas muito grossas e cobrem-se com umas palhas tão bem trançadas que por elas não passa um pingo de chuva sequer. Não possuem compartimentos e ali habitam de quinze a vinte famílias, cada qual com seu fogo.

Puseram-nos no meio duma dessas moradias, que chamam ocas, e ali nos esqueceram por um quarto de hora. Então entraram pela casa umas vinte mulheres velhas e aconteceu uma coisa que nos perturbou a todos, porque nunca se ouvira falar de semelhante costume.

Foi isto que se puseram de repente a chorar com grande dor e gritando em altas vozes. Ficamos todos pasmos e com os olhos muito arregalados. Elas pouca conta fizeram disso e continuaram derramando lágrimas e nos sacudindo, como que querendo nos comover da sua lástima. Com medo de as ofendermos e sermos mortos, começamos a lamentar também.

Continuou aquela prantaria por um bom pedaço até que, sem nenhum aviso, pararam de chorar. Depois, duas ou três delas achegaram-se e, com caras sonsas, disseram: “Ereiupe”. E nós, muito perturbados, respondemos: “Ereiupe”, sem saber o que isso queria dizer. Só mais tarde aprendi que esse choro desatinado é o modo de receberem um visitante, e que as palavras que diziam eram notícias dos que morreram, contando as doenças e aflições que tiveram.

Nisso de chorarem pelo passado vão os gentios muito diferentes de nós, que só derramamos lágrimas pelas coisas do presente, como quando uma mulher nos abandona, ou pelas do futuro, como quando pensamos na morte. Acredito que assim fazemos mal pois, como disse Santo Ernulfo em "*Heri hodie crastinum*", o presente é mais breve que o relâmpago e o futuro não é mais que uma miragem, e sendo assim, tudo o que existe é o passado, e aquilo que ainda não o é, um dia será.

Em que a Virtude Vence o Vício

Passou-se uma hora e vieram então sete moças que se sentaram ao nosso lado, nos deram de comer e fizeram afagos em nossas cabeças. Depois entrou pela porta o seu principal, chamado Piquerobi, e tentou falar conosco, mas mais uma vez não houve entendimento. Era um homem alto, com braços muito fortes e devia ter quarenta anos. Seus cabelos eram pretos e reluzentes e seus olhos tinham uma feição malíssima, que metia medo nos que os miravam.

Piquerobi mandou que pusessem um diadema de penas na minha cabeça. Depois, mandou embora a gentia que estava ao meu lado e trouxe outra, que entendi ser sua filha, o que tomei como homenagem e gesto de agrado.

Virei-me então para Lopo de Pina e falei: "Acho que pensam que sou o nosso rei porque me viram sendo carregado na praia." Ele não disse nada, mas depois pegou aquela coroa, experimentou-a e respondeu com desdém: "Fica pequena na minha cabeça."

Não sabíamos ainda como se chamavam aquelas gentias e nem por que estavam conosco, mas era grande a nossa dúvida sobre como proceder com elas. Pensávamos que se tratava de uma armadilha do gentio e por isso concordamos que não as devíamos tocar, mas elas, muito ao contrário, passavam a mão pelos nossos cabelos e corpos, dando a entender que queriam ter ajuntamento.

Isso nos deixava em mau estado, senhor, pois já ia tempo que não víamos mulheres e andávamos abrasados; porém, resistimos. Lembro-me que elas armaram um fogo diante das redes e deitaram-se conosco. Para mal dos pecados, era isso pelo mês de junho e nessa parte do mundo, ao contrário do que ocorre na Europa, é esse mês frio e não quente, de maneira que o chegamento carnal iria muito bem.

Decidimos então pedir a proteção do céu, e começamos a entoar cânticos enquanto elas continuavam a nos tocar com audácia e a cochichar nos nossos ouvidos: "xori..., xori...". Logo rompeu uma grande guerra dentro de nós entre a enlevação espiritual e a elevação carnal. Mas para glória de Deus, depois de horas de batalha, venceu a primeira.

Em que o Vício Vence a Virtude

O tempo, contudo, trilha caminhos que o homem desconhece. Em seu trabalho silencioso e eterno, ele muda disposições, faz quebrar juramentos e zomba da opinião. E foi assim que naquela mesma manhã rompeu-se nosso pacto de castidade.

Quem o violou foi Antonio Rodrigues, que com lágrimas nos olhos confessou o vergonhoso delito. Ficamos irados e tivemos que segurar Lopo de Pina para que não o esganasse. Em sua defesa disse que, indo com a gentia ao rio, esta lhe pareceu tão semelhante à sua esposa que deixara em Portugal que não teve como negar-se o desejo.

Esperamos a morte durante todo aquele dia.

Porém, nada aconteceu. Os gentios continuaram a nos tratar do mesmo modo — isto é, não se importavam nem um pouco conosco — e assim fizemos um breve concílio no qual concluímos que elas não eram uma armadilha e que não havia mal em as desfrutarmos. Cada um foi então atrás de sua mulher e naqueles dias que se seguiram mal saímos da rede, tanta era a precisão que tínhamos de pôr em ordem as nossas necessidades.

Como não havia departamentos na oca, todos víamos uns aos outros a copular: Lopo de Pina zurrava como um jumento e dizia nomes maus, Antonio Rodrigues era rápido como um coelho e Jácome Roiz enrolava-se em sua gentia de tantas e tão diferentes maneiras que mais parecia uma serpente.

Porém, o mais curioso de todos era Gil Fragoso. O senhor conde não se terá esquecido que tinha ele um gosto particular, e assim foi que, na primeira vez, sua mulher ficou desesperada, chorando muito e não querendo mais deitar-se com ele. Mas, ao cabo de uns dias já suportava melhor as dores.

Não eram pequenos os trabalhos daquela pobre, porque Gil Fragoso, sendo já bem visitado pela natureza, logo adotou um estranho costume da terra, que era o seguinte: para melhor aproveitarem as delícias do acasalamento, alguns gentios pegavam umas lagartas pretas, que chamam taturanas, e as aplicavam sobre o membro viril. É de se saber que estas taturanas possuem um natural calor e que, uma vez em contato com a pele, fazem-na abrasar, provocando grandes inchamentos. E acontecia que, com essa arte, apesar da dor que sofriam, os homens tinham os membros aumentados em sua largueza. Devo dizer que jamais experimentei tal coisa, pois, como disse Ernulfo em sua obra *Ars Navigatione*, mais vale o bote bem talhado que o galeão mal acabado.

De Terebê e de uma Engenhosa Observação Sobre o Casamento

Da gentia que puseram ao meu serviço, direi que tinha uns dezasseis anos; não era alta, nem bela, mas ria com graça e, sendo de natural desassossegada, só tinha paciência para duas coisas, que eram afagar-me a cabeça e coçar-me os pés. Seus cabelos eram compridos e escorridos como os de toda a sua gente e o seu olhar parecia ser de criança.

Com tudo se distraía e, estando a fazer alguma coisa, logo dela se esquecia e ia conversar com uma companheira, mas, estando nessa conversa, também podia sair para cortar um peixe ou balançar-me na rede. Tinha peitos pequenos, quase como os de homem, e assim corria mais do que as outras. Eram suas ancas firmes e estreitas, suas vergonhas altas e cerradas, e andava sempre muito limpa.

Como já disse, era filha do chefe Piquerobi e chamava-se Terebê. Tomei-a por esposa, considerando que era grande honra deitar-me com a filha de um principal, e acreditava que se a tratasse bem poderia interceder por nós quando fosse preciso, mas era isso um engano, porque entre essa gente vale tanto a palavra de uma mulher como a de um papagaio.

Nos primeiros tempos, quando eu ainda não dominava a língua dos gentios, não podia conversar com ela e era o nosso viver só ajuntamentos e afagos, o que não me pareceu má coisa e fez-me pensar que o casamento perfeito só é possível entre seres que falam línguas diferentes, pois desse modo tudo o que disserem, mesmo o mais rude calão, será entendido como jura de amor e prova de afeto. Tanto é assim que, passados quatro meses, tivemos nossas primeiras brigas, e eu empreguei pela primeira vez uma das palavras que mais usei nos anos que passei naquela terra, que era "xiá".

Breve e sumaríssimo dicionário da língua que falam os TUPINIQUINS

Relendo a última linha da folha anterior, percebi que aprender alguma coisa desta língua dos tupiniquins pode ser de muita valia caso o senhor cometa um dia o desatino de vir a essas terras da gentilidade. Primeiramente, devo dizer que este idioma não possui os sons de "F", "L" e "R" forte, pelo que há quem diga que os tupiniquins não têm fé, nem lei, nem rei, o que é grande truanice, pois em Portugal temos o "F" e há mulheres que não são fiéis, temos o "L" e há súditos que não são leais, e temos o "R" forte mas são poucos os que agem pela razão.

Além do nosso "i" natural, falam um outro que soa como "ig". Pronunciam consoantes estranhas como o "mb", e é este o caso da cobra, a que chamam mboi. Por essas qualidades, há algumas palavras que não conseguem dizer, como Bacharel, que falam Bacharé, e o nome de nosso país, que pronunciam como Portugá.

Os tupiniquins estimam muito os que aprendem a falar como eles e têm por grande homem aquele que conhece mais palavras. Deixo-lhe então algumas delas:

ABÁ: homem; pessoa

ANHANGA: demônio, diabo

CANGA: enxuto

CARACU: suco de aipim mastigado

CATINGA: mau cheiro

CUCULA: tropeção; queda; decadência

CUESSÉ: ontem

CUESSÉ CUESSÉ: anteontem

CUESSÉ CUESSÉ CUESSÉ: antigamente

CUNHÃ: mulher; fêmea

CUNHÃMURU: mulher feia, assombração

EMBOABA: mão peluda; português

EREIUPE: Bem-vindo!

ITA: pedra; coisa dura

ITAPOÃ: pedra erguida; âncora

JURURU: estou triste...

MAENDUARA: lembrança, memória; aquilo que se vê olhando para dentro de si

MOQUÉM: grelha de varas para assar carne

NHAM: entranhas

NHANHAM: entranhas preparadas no moquém

NHENGA: falar

NHENHENGAGA: gaguejar

NHENHENHÉM: falar, falar, falar...

OCA: casa

PEAQUITÃCUTÃCATUETÉ: caminho longo

PEPUCU: caminho curto

PETECA: esbofetear, bater com a mão aberta

PIXAIM: crespo; enrugado; velho

TABA: aldeia

TACUÃNHITA: cano rijo; homem enamorado

TACUINHA: cano

TATÁ: fogo

TIM: nariz

TIMPUAMA: nariz para cima; orgulho

TINGUEJIBA: nariz para baixo; vergonha

Ú: comer

UÚ: comer ou beber demais, ter indigestão

XIÁ: vem aqui...

XORI: vai-te daqui!

De um Duelo Entre Tupã e Javé

Passados os primeiros tempos, aconteceu que, depois de uma noite friíssima e chuvarenta, caiu doente o chefe Piquerobi. Os gentios ficaram muito aflitos por causa disso, querendo por todos os modos curá-lo, mas, como era um mal que não conheciam, de nada adiantavam as suas ervas e ele piorava a cada dia.

Veio então de longe um como que sacerdote, dito pajé, a quem os gentios adoram como os turcos a Mafoma. Seu nome era Caoru e quando chegou à aldeia foi recebido como se fosse o próprio Asclépio. Andava ereto e com a cara enfastiada, olhando com desdém para os presentes que lhe davam. Habitou sozinho uma moradia onde dizia falar com suas divindades e, para melhor fazer sua medicina, pedia mulheres novas, cauim e peixes secos com farinha.

Ao saber que estávamos na aldeia, ficou aborrecido e disse:

"Esses monstros de cabelo na cara foram mandados pelo demônio Anhanga e deixaram Piquerobi doente."

Quando escutou isso, Antonio Rodrigues quis matar o pajé, mas conseguimos segurá-lo e eu expliquei que isto seria parvoíce por ser ele muito respeitado pelos gentios.

Dei então a idéia de que fizéssemos guerra a ele usando suas próprias armas, e assim nos oferecemos para curar Piquerobi. Não éramos, porém, grandes doutores: toda a medicina de João Ramalho estava em fazer muletas, Antonio Rodrigues só entendia de mijar sobre feridas, e Lopo de Pina, Simão Caçapo,

Gil Fragoso e eu só podíamos rezar. Jácome Roiz era toda a nossa esperança. É certo que não era um grande físico e tinha matado vinte pessoas com seu laxante, mas, perto do nosso, o seu saber era como o de Hipócrates diante do de um cão.

Foi ele até a oca de Piquerobi e, depois de o estudar por uma hora, descobriu que seu mal tinha todo o aspecto de uma pequena febre. Simão Caçapo disse que isso bem podia ser, porque andara tendo suores dias antes e Piquerobi estivera com ele. Jácome Roiz explicou-nos então que os gentios eram como casas de madeira e nós como casas de barro, e do mesmo modo que aquelas são destruídas pelo fogo mas suportam bem as águas, estas jamais se incendeiam mas são facilmente derrubadas pelas chuvas.

Aquilo pareceu-nos mais comentário de pedreiro que receita de médico, mas como não tínhamos outra saída, ficamos para o que ele nos dissesse. Naquela mesma tarde fomos até a frente da oca onde estava o sacerdote e o desafiamos em voz alta para que todos nos escutassem. Caoru saiu da tenda muito contrafeito, dizendo que estávamos irritando a sua divindade. A isso respondi:

"Maior é o nosso Deus que dividiu o mar em duas partes!"

E ele disse:

"Pois o meu manda os relâmpagos e fala com voz de trovão!"

E eu rebati:

"Isso não é nada perto do que fez o meu Deus! Ele meteu fogo em Sodoma e Gomorra, alagou a Terra com o dilúvio e mandou sete pragas sobre o Egito!"

Pensei que o tinha vencido com tão brilhante argumentação, mas aí Caoru, muito astuciosamente, disse:

"Se o teu deus faz essas coisas, ele só pode ser o demônio Anhanga, e as sete pragas só podem ser vocês, que também são sete."

Depois subiu num tronco e bradou:

"Eles são a causa da doença de Piquerobi!"

Com isso, alguns pegaram bordunas e começaram a nos cercar, porque tinham muita fé no que dizia o sacerdote. Estávamos certos de que íamos morrer e nos abraçamos; porém, o Deus de Abraão, assim como fizera nos tempos antigos com Daniel na cova dos leões, mandou um anjo para nos salvar.

Aconteceu que naquela mesma hora entrou pela aldeia um arauto dando notícia de que chegava Tibiriçá, um irmão de Piquerobi que era grande chefe e habitava com sua gente no alto da serra. Ouvindo isso, nossos inimigos se aquietaram e acharam melhor esperá-lo, talvez para nos matar diante dele.

Tibiriçá vinha acompanhado de cinqüenta guerreiros e usava um grande adorno de penas vermelhas que lhe cobria toda a cabeça. Percebemos que era temido e respeitado, porque todos saíram das ocas e dançaram e tangeram diante dele com alegria. Foi então ter com Piquerobi e saiu da oca entristecido ao ver os padecimentos do irmão. Contaram-lhe quem éramos e que nos iriam matar para que logo se restabelecesse, mas então agiu mais uma vez aquele que não falta a quem tem fé.

Acontece que Tibiriçá não tinha Caoru em boa conta e a causa era esta: teve certo dia uma grande dor de cabeça e, como é costume desses gentios, mandou chamar Caoru para que lhe desse cura. O pajé veio e fez consultas a uma cabaça que todos acreditavam ser tão divina e verdadeira quanto o santo Graal. Ao sair, disse que os maus espíritos estavam tentando entrar na cabeça de Tibiriçá e que era necessário esfregar-lhe o sumo de uma certa planta.

Caoru pegou da tal planta, tirou-lhe o sumo e esfregou o caldo com toda a sua força na cabeça de Tibiriçá. A dor se foi, mas junto com ela foram-se-lhe também os cabelos, deixando o irmão de Piquerobi calvo como um ovo.

Como bem sabe, senhor, os homens têm vaidade de todas as suas partes e qualidades, mas mais que tudo de suas cabeças. A diferença é que alguns, como os gregos, são vaidosos pela parte de dentro, que é dizer o miolo, e outros, como os romanos, o são pela parte de fora, que é dizer os cabelos e o rosto. Os gentios se parecem mais aos romanos e sendo assim Tibiriçá, ao invés de ficar agradecido a Caoru por este ter-lhe sanado a dor, passou a ter-lhe ódio por causa da fronte lisa.

Estando assim indisposto com o pajé, ordenou Tibiriçá que nos chamassem, e depois de saber da nossa intenção, disse que faria uma disputa para saber quem poderia restabelecer a saúde de seu irmão: se nós ou Caoru. Ficamos grandemente agradecidos e fomos levados à oca em que estavam Piquerobi e o pajé.

Caoru começou então a fazer um curioso ritual. Depois de dar uma erva para Piquerobi mascar, acendeu vários fogos e ergueu a cabaça para o céu. Com os olhos revirados, avançava sobre os gentios, que ficavam com isso muito impressionados. Dava também grandes pulos e se jogava no chão, rolando na terra e dando cabeçadas na perna dos que ali estavam, sempre gritando como um louco.

Passado um tempo ficou mudo, passado outro tempo começou a dar um gemido como se fosse mulher, depois abanou os fogos que fizera e com isso encheu a oca de tanta fumaça que tiveram que correr todos para fora, ficando Piquerobi em tão mau estado que quase o demos por morto.

Como veio a noite e nada aconteceu, Tibiriçá deu ordem para que usássemos nosso remédio. Para mais impressioná-lo, disse aos meus amigos que devíamos fingir praticar um ritual sagrado da nossa fé. Assim, enquanto Jácome Roiz sangrava Piquerobi com um dente pontudo, João Ramalho soprava-o como se estivesse expulsando um espírito. Do outro lado, Lopo de Pina e Antonio Rodrigues dançavam de um modo estranho, mexendo com as facas e imitando o grunhido dos porcos. Atrás da cabeça de Piquerobi, ficamos eu, Simão Caçapo e Gil Fragoso. Enquanto eles cantavam um Salve Regina, eu ficava fazendo mesuras como a que a gente moura faz em direção a Meca. Depois, demo-nos as mãos e eu fiz uma longa oração, da qual deixo aqui a parte principal, que é a seguinte:

"Oh, Senhor Deus de Abraão, Isaque e Jacó! Oh, Senhor Deus de Moisés! Oh, Deus único, vence a este outro a quem chamam Tupã! Este dia foi concebido no início dos tempos para que o teu nome fosse exaltado e se desse notícia do teu grande poder. Faze com que se repita aqui o que se passou nos tempos antigos, quando o teu profeta Elias sozinho venceu os quarenta profetas de Baal. É verdade que somos sete contra um, mas nem por isso será o teu nome menos engrandecido. Salva esse homem, Senhor, pois, além de não querermos morrer, só assim eles saberão que tu és o Deus supremo."

Terminando de orar, olhei para Piquerobi e percebi que gritava de dor e muitos falavam para que parássemos com aquilo, espantados de ver o sangue que saía dele, mas Tibiriçá mandava que se calassem.

Logo depois, Piquerobi parou de suar e parecia melhor. Demos então a ele um chá feito com os últimos dentes de alho que trouxemos no baú. Ele o tomou todo, mas não sem antes cuspir o primeiro gole em minha cara por tê-lo achado ruim. Pediu então que nos retirássemos porque queria dormir, e com isso se alegraram todos, menos o pajé, que disse que Piquerobi amanheceria morto.

De como Passamos Aquela Noite, do Efeito da Nossa Medicina, do que Aconteceu a Caoru, de um Convite que Receberam Jácome Roiz e João Ramalho e de uma Observação Mui Pertinaz de Piquerobi

Acabado nosso ritual, voltamos para a oca e rezamos sem parar pedindo pela intercessão do Senhor, de forma que não pregamos o olho até que veio a manhã. Quis porém Deus, na sua misericórdia, que fôssemos tirados daquela tribulação pelo próprio Piquerobi, que entrou na oca acompanhado de Tibiriçá. Vinham os dois nos agradecer pelo bom milagre que havíamos feito e nos deram abraços mui fortes. Do pajé Caoru nada mais soubemos, porque fugira à noite e nunca mais voltou à aldeia.

Tibiriçá não se cansava de agradecer a Jácome Roiz, que havia feito a sangria, e principalmente a João Ramalho, que o tinha soprado, pois julgava, no seu rústico entendimento, que com isso haviam expulsado os maus espíritos que atormentavam seu irmão. Tão agradecido ficou que pedia que subissem a serra e fossem morar com ele, tomando suas filhas por esposas. Os dois agradeceram, mas disseram que já eram casados.

Riram-se muito disso Tibiriçá e Piquerobi, e não conseguiam entender por que, tendo eles uma mulher, não poderiam ter outras. Expliquei-lhes então que a nossa fé exigia que o homem tivesse apenas uma esposa. Piquerobi ficou admirado com aquilo e, depois de pensar um pouco, respondeu que queria os nossos milagres, mas não a nossa religião.

Segundo Mandamento
Para Bem Viver na Terra dos Papagaios

Disso que vos contei acima, acho que se pode tirar mais um aprendizado das usanças que tem essa gente e é isto que, quando aparecer alguma dificuldade, mesmo que seja de simples solução, é preciso fazer alarde, espetáculo e pompa, pois nesta terra mais vale o colorido do vidro que a virtude do remédio.

De como Íamos

Um dos livros de Santo Ernulfo que mais aprecio é *De tempore et volupitate*. Ali está dito que para que um prazer mereça tal nome, não deve durar mais do que duas horas, pois, se passa disso, já se transforma em enfado. Afirmava ele que devíamos ir mudando de prazeres durante o dia: se ao acordar nos banhávamos, depois deveríamos comer, então fornicar, depois caçar, daí beber, falar tontices, tornar a comer, tornar a fornicar e dormir. E era essa vida, que poucos reis têm, que levávamos naqueles dias.

Como vós sabiamente pensareis, era de se esperar que nos contentássemos com ela, mas como a quietação não está na natureza do homem, passou-se pouco tempo e já me via perturbado, pensando se voltaria ao Reino ou se terminaria meus dias ali. Sobre tal dúvida conversava muito com meus amigos e, de nós sete, vi que somente eu e Lopo de Pina ainda tínhamos esperança de tornar a Portugal. Os outros iam bem pelos caminhos da nova terra.

Antonio Rodrigues estava feliz e avançava no entendimento das coisas do gentio. Quando sua mulher emprenhou, ficou de tal maneira contente que só pensava em criar seu filho, porque se a uns parece aborrecido casar e ter descendência, a outros é isso coisa tão natural que, mesmo tendo por mulher uma gentia remota, não fazem caso e vão felizes como barões.

Simão Caçapo, sendo mais amigo da conversa que do trabalho, foi quem mais depressa aprendeu a língua dos naturais. Muitas vezes procurei-o para saber como se dizia isso e aquilo e ele sempre portou-se como bom dicionarista. Acabou por adotar o Doutor Preguiça e ficava muito tempo com ele na rede.

João Ramalho dizia que aquele era o melhor dos lugares, porque não tinha que pagar aluguel, impostos ou dízimos; e nem tinha que ir a missas, vestir-se ou ser fiel à sua mulher.

Jácome Roiz ia tão entranhado com o ser daquela terra que sempre nos dizia que já não saberia mais vestir um calção ou um sapato. Se encontrava uma nova carne ou fruto, logo queria inventar uma comida. Conhecia quase todas as ervas e suas propriedades curativas, aprendendo tantos segredos da medicina que poderia abrir uma botica na Rua Nova e ficar rico.

Gil Fragoso ia muito feliz, principalmente por causa das gentias, que achava muito apetecíveis por terem ancas de boa carnadura. Tinha já várias esposas, não sentia falta de nada e falava sempre que aquela era a sua casa e nós os seus irmãos.

Lopo de Pina dizia que estávamos todos bem naquela terra e tínhamos de tudo, mas que não bastava ter uma oca, fartura de comida e muitas mulheres se todos também tinham o mesmo. Por isso queria voltar a Lisboa, meter-se numa casa de dez janelas, comprar vinhos franceses e ter uma cachopa que todos invejassem. E glosava:

"É viver um nunca fartar-se
Porque se diz que ter é bom
Mas o homem não quer o dom
Se não puder do ter jactar-se."

Da Primeira Vez que Desobedeci ao Quinto Mandamento

Vindo um dia, saímos os sete a pescar e aconteceu de escutarmos uma gritaria. Gil Fragoso ficou assustado, mas Lopo de Pina disse no seu habitual modo: "Como uma jeira de capim se esta gente não está a beber cauim." Com isso folgamos e, por um tempo, nos quedamos sossegados. Contudo, continuava o alarido e começamos a nos inquietar. Assim, acudimos à aldeia.

Chegando lá, demos com uma visão horrorosíssima e quase recuamos.

Estavam os nossos sendo atacados por inimigos tão fortes como eles, e era grande o alvoroço em todos os cantos. Nenhum de nós tinha experiência de batalhas e por isso corremos até a oca, pegamos duas bestas, alguns facões e ficamos para o que fosse.

Quando apareceu por ali o primeiro grupo de contrários, assustaram-se de nos ver, porque a nossa figura pálida e barbada era estranha ao seu costume. Ficaram então indecisos, sendo que uns faziam menção de atacar e outros recuavam.

Depressa armou João Ramalho a besta e disparou, acertando o coração de um deles. Quiseram então atacar-nos, mas logo Gil Fragoso disparou a outra besta e mais um caiu. Ficaram eles assustados e disso se aproveitaram os nossos, atacando-os por trás e conseguindo boa situação naquele lugar, onde caíram de dez a vinte dos contrários. Essa matança encheu-nos de ânimo, contentamento e esperança, e fomos atacá-los perto da entrada da aldeia, onde a luta era renhida e sem vantagem de nenhuma das partes.

Deram-me então a besta e atirei duas vezes: no primeiro tiro, errei o alvo; no outro, furei o olho de um deles e o deixei fora de combate. Confesso que é coisa avessa à religião alegrar-se ao ver o sangue esguichando pelo buraco do olho de um selvagem, mas naquele instante, como éramos inimigos e de sangrá-lo dependia a minha vida, aquilo pareceu-me tão de jeito que ri de felicidade.

Passados alguns minutos conseguimos nova vitória, matando dez deles. Fomos então para o centro da aldeia, onde atacavam com fúria e já haviam matado doze ou quinze dos nossos. Era aquele o principal ponto de combate e ali lutavam bem uns cem homens.

Lá chegando, enquanto preparava mais um tiro, apareceu um inimigo à minha frente e, se não tivesse me desviado muito a pique, teria me arrebentado a cabeça com sua clava. Como não pude armar a besta, principiei uma luta de esquivanças, esperando uma chance para feri-lo.

Esse contrário, como todos os outros e também os nossos, não estava acostumado a tal tipo de combate e queria que eu me pegasse com ele. Ficamos assim por alguns instantes: ele chamando-me para a luta, eu mantendo uma prudente distância, até que ele perdeu a paciência e se atirou sobre mim, jogando-me ao chão e quase esmagando-me os ossos. Como tinha que pensar ligeiro e estando meus dentes bem próximos ao seu pescoço eu, senhor, sem ter memória dos mandamentos de Deus, mordi-o com tanta força e desespero que fiz um rasgo em sua garganta, de onde começou a jorrar muito sangue. Ele pôs-se de pé e colocou as duas mãos sobre o pescoço, mas não havia modo de parar o jato. Então deu alguns passos trançados como se estivesse bêbado e caiu no chão sem vida.

Que Interrompe a Narrativa para uma Observação

Agora, gentil conde, sei que deveria, pelas boas leis da oratória, continuar a contar as cenas daquela batalha, descrevendo nossos movimentos, falando-vos sobre o modo de lutar do gentio e não interrompendo por nada tal seqüência de sucessos, de modo que não conseguísseis largar estes papéis nem se fosse preciso ir ao lavatório, mas eu vos pergunto:

"Poderia furtar-me de fazer uma observação sobre a primeira vez que matei um homem, fato que foi um dos mais importantes nessa minha vida de tantos episódios singulares?"

E eu vos respondo:

"Não!, pois assim estaria sendo covarde frente ao papel quando não o fui frente ao inimigo."

Sendo essa minha resposta, digo que no instante em que tirei a vida do corpo do gentio, vários poderiam ter sido meus pensamentos, e sem gastar muito tempo em cogitações, numero estes:

* a piedade, pela alma do gentio;
* o asco, pelo sangue em minha boca;
* o temor, por recear o castigo pela mão de Deus;
* o pavor, por recear o castigo pela mão dos inimigos;
* o remorso, sentimento tão justo e cristão;
* e o orgulho, por ter feito um ato de coragem.

Mas não, caro senhor, nenhuma dessas emoções tomou conta de mim e muito menos essa última. Aliás, antes que vos revele qual o sentimento que entrou pela minha alma, aproveito para dizer-lhe o que é para mim, homem experimentado em batalhas e mortes, a coragem.

Que Interrompe a Observação para uma Derivação

Segundo os filósofos, homens que jamais mancharam o branco de suas túnicas com o vermelho do sangue, a coragem merece um dos mais nobres altares no panteão das virtudes. Mas eu, que muitos matei e por outros tantos quase fui morto, sei que ela não é digna dessa mercê, e tenho para mim que a coragem é tão-somente o medo com uma espada na mão, pois a fúria do leão é, em verdade, o medo da fome, a ousadia do comandante nasce do medo da derrota e, principalmente, a coragem de um homem que mata outro não é mais que o medo da própria morte.

Que Conclui a Observação que Interrompeu a Narrativa

Pois agora, senhor conde, digo-vos finalmente o que senti no momento em que pela primeira vez matei um homem: foi isto apenas e tão-somente alívio, nem mais nem menos, nem menos nem mais, e mesmo este sentimento durou menos que pouco e mais que nada, pois no instante seguinte outro bárbaro já queria despedaçar-me e tive que me ocupar de outros pensamentos, que eram maneiras de matar e modos de não morrer.

Que Conclui a Narrativa

Sofrendo essa forte resistência que não esperavam, foram-se os contrários para os matos, onde ficaram acantonados para preparar novo ataque. Naquele momento, senhor, vendo mulheres desesperadas, crianças a chorar e amigos mortos, o sangue ferveu-me de modo estranho e não parecia mais estar à testa de meus pensamentos.

E aconteceu que, seja por obra de Deus ou do demônio — o que parece mais possível —, comecei a dar grandes berros que assustaram a todos. Num só instante vieram à minha cabeça as lições de Alexandre, Xerxes, Cipião e, principalmente, as formações militares que estudei no *Alphabetum Bellicum*.

Assim, falando com muita ferocidade, disse aos guerreiros que se escondessem atrás das ocas, formando duas compridas colunas, uma de cada lado. Enquanto isso, eu e mais cinqüenta homens ficamos no fundo da aldeia para chamar os contrários à luta. Dessa forma, fazia uma formação em "U", atraindo os inimigos para um centro e atacando-os com as colunas pelos flancos. Piquerobi, que estava confuso, ordenou que fizessem como eu dizia.

Quando por fim arremeteram e pensavam que batiam-se com os nossos em igualdade, foram surpreendidos pelo avanço das duas colunas de guerreiros. Vieram então estes e passaram a feri-los com lanças e a queimá-los com tições. Vendo-se atacados por todos os cantos, perderam a noção de luta e pereceram como ovelhas.

Terminou a batalha e Deus foi servido de nos dar a vitória. Dos nossos tombaram trinta e quatro; dos contrários, sessenta e nove foram bater às portas do inferno e ainda fizemos cinco prisioneiros.

Na aldeia houve grande alegria por causa dos novos cativos, que pertenciam à nação tupinambá, habitantes do norte daquelas terras. Eram estes os maiores inimigos dos nossos. As mulheres ficaram dançando em volta deles e depois, com muita satisfação, deram-lhes socos e puxaram-lhes os cabelos. Também lhes colaram ao corpo umas penas cinzentas e rasparam suas sobrancelhas.

Piquerobi estava orgulhoso da vitória e passeava muito altanado pela aldeia. Quando pôde falar comigo, disse ter gostado da nova forma de lutar que eu havia criado e gostaria de usá-la em outras guerras, mas à noite, depois de beber dois goles de cauim, já dizia ter sido ele o inventor daquela estratégia, sendo por isso muito reverenciado por todos.

Naquele dia também foram enviados mensageiros a Tibiriçá, convidando-o para uma cauinada na lua seguinte. Tenho que confessar que já principiávamos a gostar daquelas festas e esperávamos por elas como quem espera pelo São João. Porém, vindo esse dia, descobrimos uma coisa que só quem passou por essas terras pode acreditar.

Em que Há uma Advertência

É sabido que cada livro deve ser lido em seu momento propício. Assim, se estamos à véspera de uma festa, não devemos ler novelas tristes e, se vamos a um velório, não é apropriado levar sob o braço um livro de zombarias. Neste caso, caro conde, devo advertir-vos de que não é aconselhável ler o próximo capítulo antes do almoço. E muito menos depois da janta.

De um Bárbaro Costume que Há na Terra dos Papagaios

Nos primeiros dias os tupinambás foram tratados como se fossem parentes, tendo recebido mulheres e ficado numa oca em separado, donde tirei que, no princípio, tínhamos sido tão prisioneiros quanto eles e só por havermos curado Piquerobi é que não tivemos o mesmo fim.

As mulheres trabalhavam muito para a festa e, além da sua lida natural, faziam panelas e grandes potes para o cauim. Algumas enfeitavam o ibipirama, uma espécie de martelo com uma grande pedra na ponta, ornando-o com uma borla de penas. De vez em quando as crianças davam-se as mãos e punham-se a dançar em volta dos prisioneiros cantando músicas muito graciosas que diziam coisas como:

"Sobre ti caiam todas as desgraças
Tu mataste nossos guerreiros
Agora vamos nos vingar
vamos arrancar teus dedos
E moer tua cabeça."

Passados cinco dias, chegaram os convidados com danças e gritaria, tangendo cornos e batendo os pés no chão, e os nossos saíam da aldeia para os receber com muito contentamento. Piquerobi deu as boas-vindas a seu irmão Tibiriçá dizendo: "Que bom que vieste! Ajuda a trucidar nosso inimigo!" Nós nos alegrávamos com tudo e, se ainda não tínhamos ânimo para bailar, já marcávamos bem o compasso com os pés.

Fizeram então muitas cerimônias em volta do ibipirama e escolheram três dos prisioneiros para os matar. Foram deixados pelas companheiras e elas, debulhando-se em lágrimas, lastimavam ter que deixar tão valentes guerreiros, mas não vá se comover, senhor conde, porque é tudo isso fingimento e parte do seu ritual.

Então os três foram levados ao meio da aldeia e uma corda foi passada em volta da cintura de cada um. Depois vieram muitos dos nossos, pegaram nas pontas da dita corda e puxaram os prisioneiros como se os quisessem dividir em dois. Enquanto isso as mulheres corriam ao seu redor e mordiam os próprios braços, como para mostrar o ódio que lhes tinham.

Veio então um dos nossos e falou aos prisioneiros:

"Sois grandes guerreiros, mas morrereis porque maiores são os nossos."

A isto eles respondiam:

"Isso não importa. Virão os nossos filhos e nos vingarão."

Ao que o nosso contestava:

"Se os vossos filhos nos matarem, os filhos dos nossos filhos matarão vossos filhos."

E os contrários devolviam:

"E se os filhos dos vossos filhos matarem nossos filhos, os filhos dos filhos dos nossos filhos nos vingarão e matarão os filhos dos vossos filhos."

E o nosso, batendo no peito, replicou:

"E se os filhos dos filhos dos vossos filhos matarem os filhos dos nossos filhos, virão os filhos dos filhos dos filhos dos nossos filhos e matarão os filhos dos filhos dos vossos filhos."

E assim era, senhor conde, que se fossem deixados ao sabor do ódio prometeriam vingança até a vigésima geração, mas então veio Piquerobi, que já estava se aborrecendo, pegou do ibipirama e deu nas nucas dos três prisioneiros, fazendo voar longe os seus miolos.

Assistíamos a tudo com gosto e, apesar da sua natural violência, achávamos aquela liturgia divertida e curiosa. Porém, quando pensamos que iam pegar os corpos dos contrários para os enterrar, aconteceu uma coisa que quase nos desmaia o coração, ficando nós durante todo aquele dia muito perturbados.

Foi isto que, mal se dobraram as pernas dos guerreiros sacrificados, correram para eles algumas mulheres e os arrastaram para perto de um fogo. Ali, armadas de uns dentes de alimária, arrancaram suas peles e os deixaram em carne viva. Também taparam seus cus com um pedaço de pau e isto era para que suas tripas não se perdessem.

Depois de os terem esfolado, cortaram-lhes as pernas acima dos joelhos e os braços junto ao corpo. Então quatro mulheres pegaram cada uma um membro e ficaram correndo entre nós fazendo grande alarido. Separaram depois as costas e as nádegas da parte dianteira e colocaram todos os pedaços sobre uns fogos que chamam moquéns, que eram uns paus fincados no chão como um quadrado, tendo em cima umas varas trançadas que formam um xadrez.

Nesse momento, senhor, pensamos que eles seriam queimados em sacrifício, como nos rituais dos povos antigos. Mas passado um tempo, Piquerobi foi até o moquém e arrancou o dedão do pé de um inimigo. Depois, vendo que estava bem assado, começou a mordiscá-lo com muito gosto, tal qual fosse o melhor doce da melhor confeitaria de Madrid. Só então percebemos que o fim que davam aos inimigos era comê-los.

Ficamos muito enojados de tudo aquilo e Simão Caçapo chegou a sentir tonturas, mas os selvagens folgavam e iam muito garridos, como se estivessem a ver jogos tão urbanos como touradas ou brigas de galo.

Depois, com as vísceras, as mulheres fizeram uma papa rala, chamada mingau, e a comeram com gosto. Para as crianças foram deixados o miolo do crânio e a língua, que são as partes mais macias. Os outros pedaços foram muito disputados e era de ver como davam-se empurrões e tapas para irem pegando as partes que ficavam boas.

Nós ficamos por ali a fingir que tudo era muito natural, mas nossa vontade era fugir ou vomitar. Porém, por conta da diplomacia, sentamos ao lado de Piquerobi e fizemos caras de que estávamos acostumados àquilo tudo. Ele tinha à sua frente um cesto com carne humana e, segurando uma mão, perguntou se eu não queria experimentá-la. Respondi que um homem não come outro homem, ao que Piquerobi contestou: “Um inimigo não é um homem, é um inimigo.”

Que Mostra Por que os que Comem Comem o que Comem

Pensa o gentio na sua ignorância que devorando a carne de um valente guerreiro herda as suas qualidades de força, coragem e destreza. Consideram essa idéia com seriedade e a têm por matéria muito profunda. Tanto é isso que um dia, estando nós a assar um jabuti, veio Piquerobi e disse: "Tomara que nossos inimigos não nos ataquem de surpresa." Perguntamos por que falara tal coisa e ele nos explicou que, se fôssemos atacados, não poderíamos correr nem lutar com agilidade, porque nossos movimentos ficariam lentos como os daquele animal. "Então nos esconderemos em nossas cascas", disse Simão Caçapo, mas ele não achou graça e saiu dali bastante bravo.

De Minha Filha e de Outros Temas Mais Sossegados

Depois daquele dia não foram poucas as vezes em que pensamos em nos mudar dali e fazer com nossas mulheres uma pequena aldeia. Porém, Lopo de Pina bem lembrou que dessa forma seríamos facilmente presos pelos contrários e, por não querer comer, acabaríamos sendo comidos. Decidimos então continuar entre os tupiniquins, pois como já lhe disse, nossa vida não era má e, tirante Gil Fragoso, todos já tínhamos geração.

Foi meu primeiro filho uma filha. Era bem composta, sã como uma cabritinha e menos feia do que se podia esperar. Sua tez era mais avermelhada, puxada para a cor do leão; seu cabelo era corredio, porém trazia como que uns cachos nas pontas. Os olhos eram os da mãe, e também a alegria, porque nunca houvera visto menina tão risonha. O nariz, felizmente, saiu ao meu. Era muito pegada a mim e chorava sem parar quando eu ia aos matos. Como nascera na Terra dos Papagaios, não quis dar-lhe um nome cristão e a chamei Mbiracê. Vê-la crescer foi a felicidade da minha vida e eu mal podia esperar para lhe ensinar a Gramática, o Canto e as sábias leis de Deus.

Que Mostra que Está Certo o Apóstolo Tiago ao Dizer que Perfeito Varão É Aquele que não Tropeça na Língua

Como não têm necessidade de roçar, vivem num lugar de ares temperados e recebem tudo graciosamente da natureza, senhor conde, essa gente não é como nós. É verdade que comem, bebem e, quando estão fatigados, descansam, mas também é verdade que não querem ser melhores do que os seus semelhantes e nem fazem conta de possuir coisas, e creio que nisso vão tão diferentes dos portugueses como uma pulga de um unicórnio.

É o lume de suas vidas guerrear e vingar-se de seus inimigos. Quando falam dessas coisas ficam como possuídos por um demônio e é vão trabalho querer arrancar deles outro pensamento que não seja a valentia dos seus avós e a covardia dos seus adversários.

E, sendo assim, digo que um dia veio até nós Piquerobi e gabou-se muito de uma expedição de duzentos homens que preparava para vingar o ataque que nos haviam feito os tupinambás.

Primeiramente tentamos fazer com que desistisse daquilo, mas, vendo que não conseguiríamos plantar em seu peito a semente da mansidão, achamos que era boa política encorajá-lo para a luta, desde que nos deixasse em paz. Simão Caçapo então disse que aquela afronta não podia ficar sem resposta, Jácome Roiz bradou: "O sangue berra: Vai-te à guerra!". João Ramalho desejou boa sorte aos guerreiros na santa luta contra os tupinambás, Gil Fragoso gritou "Que tomem no cu aqueles vagabundos!", e eu falei que sangue com sangue se pagava, frase que Piquerobi não se cansou de repetir pelos dias seguintes, dizendo que a tinha inventado.

E escutando o que falávamos, Antonio Rodrigues exasperou-se por querer também dar aos ouvidos de Piquerobi uma bonita frase e, como o sangue sempre chegava ao seu cérebro muito antes de qualquer idéia, disse: "Eu e meus companheiros daríamos dez anos das nossas vidas para ir à terra dos tupinambás e trazer dez cabeças do gentio nas mãos."

Ao ouvir isto, os olhos de Piquerobi encheram-se de lágrimas e como não sabia comportar-se quando se emocionava, começou a gritar e a dar giros em torno de nós. Depois fez uma longa pregação, dizendo das grandes glórias dos antepassados e de como iria moer a cabeça dos tupinambás. Por fim disse que nos considerava valentes como jaguares e que fazia questão de que fôssemos à guerra com ele.

Ficamos parados, sem saber o que dizer e, como nenhum de nós teve presteza para dizer não, Piquerobi entendeu nosso silêncio como um sim e abraçou-nos com toda a sua força. Depois, com novas lágrimas nos olhos, contou que atacava os tupinambás desde que era curumim e narrou muitas façanhas, as quais, se fossem verdade, já teria ele matado sozinho a terça parte da gente que há no mundo.

Nessa hora, Lopo de Pina, que tinha ido aos matos, chegou arrastando uma anta pelas patas. Piquerobi deu-lhe a notícia de que nós seis íamos à guerra e perguntou se queria vir conosco. Porém, ele foi astuto e disse que alguém tinha que ficar para cuidar das mulheres e das crianças.

De como as Lágrimas Podem Ter Motivos Distintos

No dia seguinte todos comentavam a nossa prova de grande valentia e coragem. Eu bem preferia ser cão vivo do que leão morto, mas já que não tinha remédio senão ir, procurava pensar num modo de fazer aquela guerra mais uma coisa de inteligência do que de luta, porque, se fôssemos nos meter com os contrários apenas com os punhos, era pouca a chance de escaparmos com vida.

Passei aqueles dias só a pensar em modos de fazer armas, mas sempre dava com a falta de ferramentas e molas e pólvora, não achando jeito de moldar nada mais que arcos e flechas. Vi então que só me restava usar outra das formações do *Alphabetum Bellicum*, tentando assim dar à nossa investida alguma ciência, e escolhi o ataque em "A".

Quando apresentei meu plano aos gentios, uns o acharam engenhoso mas outros disseram que eram inovações que contrariavam o modo nobre e tradicional da sua guerra, que era pegarem-se pelos cabelos e darem-se pancadas até que um tombasse morto. Porém, com a ajuda de Piquerobi, a estratégia foi aprovada, e, quando fui dormir, era um general da nação tupiniquim.

Em nome da verdade, tenho que admitir que não me portei como grande militar e, por muito ser o meu medo, muito chorei naquela noite, que pensava ser a última em que andava sobre a terra dos vivos. Ouvindo aquele barulho, Piquerobi foi até minha oca saber o que acontecia e, para não parecer covarde, disse que era um costume da minha gente prantear os homens que iria matar.

Piquerobi acreditou tão prontamente no que lhe disse e achou aquilo de tal maneira astucioso que foi para sua oca e lá se pôs a chorar por duas horas. Do que tiro mais uma proveitosa ensinança para os que para lá forem:

Terceiro Mandamento
Para Bem Viver na Terra dos Papagaios

As gentes da Terra dos Papagaios são muito crentes e de fácil convencimento.
Por isso, têm em alta conta os feiticeiros, os falsos profetas e vai a coisa a tanto que não há patranheiro que lá não enriqueça e prospere.
E assim é, senhor, que por serem tão crédulos aqueles gentios, pode-se-lhes mentir sem parcimônia nem medo de castigo.

Que Conta a Marcha de Nosso Exército

Chegado o dia de irmos à guerra, acordamos cedo e logo começamos uma longa marcha pelo sertão adentro. Íamos em pouco menos de duzentos homens e levávamos grande cópia de arcos, flechas, lanças, facas e bordunas. Ao pé de uma serra, tomamos um caminho que chamavam Piaçaguera e por ele subimos seis léguas até chegarmos a uma pequena planura, onde paramos e descansamos, pelo que dei graças a Deus porque meus pés já doíam como se tivessem sido pisados por elefantes.

No dia seguinte houve um grande nevoeiro por toda a manhã, mas eles não faziam menção de parar, e, mesmo andando na lama, escalando penhas e pisando a cabeça de cobras, seguimos mais quatro léguas até darmos com um vale tão imenso que se perdia da vista. Ali nos metemos debaixo de um penedo mui grande e acantonamos a maior parte do nosso exército. Enquanto isso, outro grupo continuou a marcha mais três ou quatro léguas para espiar o sítio dos tupinambás e ver o melhor modo de os atacar.

Tornaram esses homens quando já era alta noite e disseram-nos que os adversários preparavam uma cauinada, porque puderam ver do alto de um monte o trabalho das mulheres preparando os potes e três prisioneiros da gente tapuia muito bem amarrados e esperando pela morte.

Indaguei então sobre quem eram os tapuias e um guerreiro explicou-me que eram gentios de uma nação remota que andava pelos matos, não sabiam fazer ocas e comiam o inimigo cru logo depois de matá-lo com as mãos, sem fazer danças nem festas. E notei que quando falou-me isto parecia presumido como um cavaleiro do Paço falando de um sapateiro trasmontano, e assim são os homens, senhor, pois, mesmo que sejam pequenos, sempre se acham grandes quando encontram alguém menor.

Determinou Piquerobi que avançássemos devagar, conforme fôssemos recebendo notícias dos espias. Já agora tinha ares de general, falando em se posicionar e esperar por uma vantagem, imitando muitas das palavras que eu lhe dizia. Queria pegá-los desprevenidos quando estivessem no meio da cauinada, o que achamos muito bom conselho, porque tremíamos só de pensar em lutar contra aquela gente tão mais bem-feita e forte do que nós.

Na noite do dia seguinte, estando a uma légua e meia da aldeia dos tupinambás, achamos um bom lugar para os esperarmos, que era o pé de um morro onde havia boa quantidade de pedras para nos proteger. Seria esse o vértice do nosso "A". Ali ficaríamos nós seis, Piquerobi e também os dez melhores atiradores da sua gente. Esses arqueiros ficaram grandemente entristecidos, porque consideram a guerra de inteligência coisa de mulheres.

Num descampado em frente a esse monte fizemos uma cerca de cipós e espinhos de vinte côvados de comprido. Seguravam suas pontas dez valentes guerreiros de cada lado e era para que, quando viessem os adversários a correr, eles a erguessem do chão fazendo com que se espetassem, parando sua marcha e tornando-os um alvo fácil para os arqueiros. Era esta a trave do "A".

Nas laterais, atrás da cerca, ficaram obra de oitenta homens, que eram nossa infantaria e formariam os lados da letra. E por fim, senhor, fazendo as bases do sobredito "A", havia os arqueiros de pior pontaria, que pusemos no alto de umas árvores. Era sua missão observar o combate e disparar contra os tupinambás pelas costas. Estes eram vinte homens.

A missão mais difícil, porém, ficava para o grupo de ataque. Eram cinqüenta guerreiros que deviam ir à aldeia dos tupinambás e surpreendê-los quando estivessem no meio da festa. Além de atacá-los e lutar com eles no seu próprio território, deviam ainda correr e atraí-los para o nosso sítio, saltando a cerca de espinhos, de modo que não bastava que fossem fortes, mas também deviam ser ligeiros.

Se estivesse em Portugal ou em qualquer país cristão, só à custa de muitas promessas e não pouco dinheiro conseguiria juntar esses homens, mas é o gentio tão diferente de nós nessa matéria e tem a guerra em tão alta conta, que foi difícil escolher os que ficariam fora desse grupo, já que todos, menos nós, queriam fazer parte dele.

Era um plano muito bem concebido e Piquerobi parecia orgulhoso como um pavão quando o explicava aos seus guerreiros. Também acreditávamos no seu êxito, mas, como sói acontecer com todos os planos, não são mais do que quimeras antes de serem postos à prova.

Já não eram poucos os meus temores, mas como não há mal que não possa ficar pior, quando caiu a noite desabou uma grande e copiosa chuva, o que muito me aborreceu, porque estava ao relento e, sem ter com o que me cobrir, tinha frio no corpo e na alma.

Então, mesmo debaixo do aguaceiro, reuniu Piquerobi a todos e, com muitos berros, procurou nos animar para o combate, lembrando aquelas mesmas coisas que já ouvíramos mais de cem vezes e os gentios mais de mil: que seus antepassados venceram incontáveis batalhas contra os tupinambás, que comeram a muitos deles, que todos deveriam agradecer aos deuses pela oportunidade de vingar seus mortos e que isso era o melhor da vida: lutar ao lado dos amigos e comer inimigos.

Achei que aquela falação fosse me entediar, mas, quando dei por mim, eu e meus companheiros já estávamos bradando e dando vivas como qualquer gentio. Era coisa de ver como uma pregação simplória nos deixou tão possuídos daquela ira que, mesmo debaixo de chuva e açoitados pelo vento, se pudéssemos pegaríamos o sol pelas barbas para adiantar o dia e mais depressa ir lutar contra nossos inimigos.

Da Turba

Quando era pequeno, costumava ir à praça para ver os hereges serem queimados, e nisso observei uma coisa muito curiosa, pois alguns homens que eu tinha como urbanos e sensatos, no meio da multidão ficavam a gritar "queimem esse desgraçado", "botem fogo nesse cornudo" e "mandem esse judeu aos infernos", o que me causava assombro. Ainda mais que, quando os via noutra situação, eram eles a ser corteses e discretos.

Disso tiro que não há turba que não seja rude, nem legião que seja sábia, porque a pouca sabedoria que têm os homens torna-se nenhuma quando estão em multidão. E tanto é tal coisa verdade, senhor conde, que, se estiverem em quatro e três disserem que o ovo é uma fruta, o quarto, mesmo sabendo a verdade, não só dirá que se trata de uma saborosa fruta como ele mesmo tem muitas dessas árvores em seu pomar.

Que É Muito Divertido Por Contar Muitas Mortes

Amanheceu o dia e saíram os cinqüenta do grupo de ataque. Tinham instrução de ir devagar pelos matos, esperar até o sol ficar a pino e, quando os tupinambás já tivessem bebido bastante cauim, então os atacar.

Iam os nossos muito ansiosos e Piquerobi percorria de cima a baixo o acampamento, pois era mui grande a sua inquietação. Reparei que seus olhos estavam parados como os de uma mboiguaçu que se prepara para o bote e seus ouvidos eram como os de um guará que espreita a caça.

Quando era quase o meio da tarde, ele começou a dar pulos de alegria e logo depois ouvimos os gritos de uma sentinela que vinha nos avisar. Estava alvoroçado e nos disse que vinham os tupinambás perseguindo trinta ou quarenta dos nossos, e isso é o que pude entender da sua contagem, o que não é fácil, posto que eles só contam até dez e daí para adiante servem-se de mostrar os dedos das mãos e dos pés.

Passaram-se alguns minutos e já os podíamos ouvir. Vinham em não menos que duzentos homens e, apesar de estarem irados com o nosso ataque, corriam lentamente por conta de terem bebido muito cauim. Acertamos então nossas posições e ficamos pela vontade de Deus.

Tenho informação de que o senhor conde é um homem amigo dos livros e creio que já leu alguma coisa sobre as guerras, mas talvez não saiba o que passa pelo corpo e pela alma quando o adversário está a alguns passos de nós. Conversei muitas vezes com meus companheiros sobre isso e todos sentíamos sempre as mesmas coisas: as mãos ficam úmidas, o braço enrijece, a garganta seca, o nariz respira com rapidez, os olhos se pegam no inimigo que escolhemos e só temos vontade de gritar e esmagar sua cabeça. Como vê, não é coisa muito bela nem digna de filhos de Deus, portanto, se nunca tomou parte numa batalha, não se aborreça com isso, porque também se pode derrubar reis e até matar soldados nos jogos de mesa, e isso sem manchar seu calção de veludo ou ter um braço decepado.

Voltando agora àquele dia, ao chegarem perto da cerca camuflada os nossos pularam mui galhardamente os seis palmos de largo da armadilha. Vindo logo atrás deles os primeiros tupinambás, os que formavam os lados do A ergueram a cerca de espinhos prendendo ali muitos e matando bem a uns vinte guerreiros, de modo que os que estavam mais atrás espantaram-se grandemente. E aconteceu que, estando confusos naquela contemplação, tornaram-se alvo fácil para os arqueiros, que deram cabo de mais uns cinqüenta.

Atacou então a infantaria de oitenta homens e provocou grande mortandade entre eles, porque não esperavam tantas engenhosidades militares. Vendo que com grande facilidade eram derrotados, atiramos também algumas flechas, sendo que João Ramalho e Antonio Rodrigues feriram de morte a dois deles e eu matei um bastante moço e forte, o que muito comemorei.

Terminou o combate com grande vitória de Deus e nossa. Numerado o ganhado e o perdido, dos nossos morreram apenas dezanove, e dos tupinambás pereceram cento e onze. Porém, o que mais alegrava Piquerobi e os guerreiros é que havíamos feito cinqüenta e seis prisioneiros, o que era motivo e carne para muitas festas.

De como Sendo Sete, Passamos a Ser Seis

Naquela batalha, porém, houve um muito triste acontecimento, senhor, porque quando já estávamos quase ao fim dela, um gentio tupinambá armou seu arco e disparou uma seta venenosa que acertou Gil Fragoso. Como estava do seu lado, corri logo para acudi-lo, mas não havia remédio que o salvasse porque a flecha já havia corrompido o seu sangue.

Naqueles últimos instantes, Gil Fragoso não chorou nem deu gritos de dor. Quis rezar por ele, mas tampou-me a boca e disse que eu não perdesse tempo com orações, porque sabia que ia para o inferno e tudo o que queria era fazer um último pedido. Respondi-lhe que seu desejo me seria uma obrigação. Ele então ordenou-me que ficasse com todas as suas onze mulheres, não lhes deixando faltar comida nem atenção. Prometi-lhe que cuidaria delas como se desde sempre fossem minhas. Depois disso, fechou os olhos, babou um punhado de sangue e expirou.

Até aquele dia eu vinha resistindo ao costume de ter várias mulheres, por isso muito me transtornou pensar que teria mais esposas do que dedos. Porém, como não poderia trair tão alto juramento, tive que cumprir o prometido e me conformar, o que, em verdade, não foi tão difícil.

Das Alegrias e de uma Sutileza que Faltou a Piquerobi

Voltamos por aqueles matos cantando e dançando muito, sem esquecer de vigiar de perto os prisioneiros. À noite nos divertíamos amarrando suas pernas e fazendo com que apostassem corridas aos pulos, pois tão bom quanto vencer é escarnecer o derrotado.

E como o caminho alegre torna o passo lento, só chegamos à aldeia três dias depois. Fomos recebidos com muita vozearia e os mais velhos soaram seus cornos e buzinas. As mulheres vinham adornadas com muitas penas e colares, fazendo grande alarido com sua dança de giros.

Terebê veio correndo ao meu encontro e abraçou-me com força. Parece que ficou orgulhosa de meu feito e a prova disso é que, contrariamente à sua costumeira distração, nunca se apartou de mim naqueles dias e coçou-me muito o pé e a cabeça; à conta dessas faceirices, ficou pejada outra vez.

Quando chegamos perto da nossa oca, notamos que Lopo de Pina vinha em nossa direção. Estava com os cabelos desalinhados e a feição de quem havia acabado de despertar. Ficou muito surpreso ao nos ver e não sei se isto é porque estava sonolento ou porque tinha certeza que seríamos todos mortos. Nós lhe contamos sobre o que tinha acontecido a Gil Fragoso e ele ficou um tempo calado. Depois começou a maldizer aquela terra e falou alguns nomes maus.

Procurei então acalmá-lo e pus-me a narrar os sucessos da nossa investida contra os tupinambás, contando a maneira como os vencemos com a formação em "A" do *Alphabetum Bellicum*, mas ele não só demonstrou pouco interesse em nos ouvir, como disse que não devíamos mais ir às guerras dos tupiniquins, pois isto não constava das obrigações do nosso degredo e era contrário à fé cristã.

Como Lopo de Pina jamais havia sido religioso ou obediente às leis, lancei isto na conta do natural desgosto que sentimos quando outros conseguem uma glória que poderia ser nossa. Percebi isto e procurei não mais falar no assunto, mas logo chegou Piquerobi e pôs todo esse trabalho a perder.

"Vamos outra vez atacar nossos inimigos", disse ele, já tonto de tanto beber cauim. "Vamos comê-los todos!"

"Sim", respondi, "e dessa vez Lopo de Pina irá conosco."

"Não", contestou ele. "Lopo de Pina ficará limpando peixes com as mulheres." E riu disso como se fosse o mais espirituoso gracejo que se podia dizer.

"Mas ele é um valente guerreiro", disse Jácome Roiz.

"Tão valente como um macaquinho", rebateu Piquerobi e então começou a dar voltas ao redor de Lopo de Pina andando e coçando a cabeça como se fosse um daqueles animais, com o que ria tanto que as lágrimas vinham-lhe aos olhos. O senhor conde sabe que esse tipo de depreciação tem o dom de nos deixar doidos, porque toleramos mal a galhofa e ela nos dói ainda mais se há alguém por perto.

Foi isso o que se deu naquele dia, porque sofrendo aquela caçoada e ouvindo gargalhar os gentios que já faziam uma roda em torno deles, o rosto de Lopo de Pina mostrava tamanho ódio que deve ter pensado em dar uma flechada em cada ouvido de

Piquerobi. No entanto, conteve-se e suportou tudo calado até que veio um gentio e chamou seu chefe para ver a oca onde iam ficar os prisioneiros.

Desde então, por causa do nosso bom sucesso e da zombaria de Piquerobi, Lopo de Pina deixou de ter o antigo lume, tornando-se bastante ruim de aturar. Nunca foi às guerras, dava respostas azedas e pouco se importava com as coisas na aldeia. Sua vida passou a ser comer, beber e fornicar. Se lhe perguntávamos por que estava tão aborrecido, dizia que era porque queria tornar a Portugal e dava ao demo aquela terra cheia de mosquitos e ignorantes.

Que Mostra como a Soma de Onze Tristezas e uma Indiferença Resultou em Treze Alegrias

Entre os muitos risos daqueles dias, senhor, não posso esquecer-me de onze tristezas, que eram as das mulheres de Gil Fragoso. Choraram por muitos dias, pois o tinham na conta do melhor esposo que pode haver, e isto não só pelo cano grosso por causa das taturanas, mas também porque era atencioso e pacífico como poucos.

Depois, atendendo ao seu pedido, fiz com que viessem para minha oca, de maneira que passei a ser como um sultão, variando de mulher como o senhor conde deve variar de casaca. Todas me aceitaram de bom grado como marido e, para que não desmereça nenhuma pela ofensa do esquecimento, deito aqui seus nomes:

* Issaúba, que tinha boas coxas,

* Iracema, que dormia muito,

* Camacê, que tinha grandes peitos,

* Pirapanema, que possuía o mais belo rosto,

* Poropotara, que era a mais animada para as brincadeiras na rede,

* Apiraba, que tinha cabelos muito longos, quase até os joelhos,

* Curubi, que era a menor e a mais esperta delas,

* Pucaguassu, que ria-se de qualquer coisa,
* Sapucaia, que gritava indecências na hora do coito,
* Tembeté, que era gorda e possuía lábios carnudos,
* e Teicuaraci, que tinha ancas largas.

Pensei que Terebê fosse chorar e fazer escândalo quando soubesse que seria apenas uma entre doze esposas, mas ela muito me surpreendeu, achando tudo natural e de pouco espanto, o que mostra que, além dos banhos diários, têm as gentias ainda outras coisas que ensinar às européias.

Em que se Aprende como o Muito Pode Ser Demais

Na manhã seguinte, quando repousava naquele estado em que já não se está dormindo mas ainda não se está acordado, ouvi um grande barulho que pensei ser a continuação da festa pela vitória sobre os tupinambás, mas então Jácome Roiz entrou na oca, sacudiu minha rede e disse que quatro prisioneiros haviam fugido.

Quando cheguei ao centro da aldeia, encontrei Piquerobi muito nervoso e gritando com os guardas, dizendo que iria castigá-los. Os pobres se defendiam dizendo que eram apenas doze homens para vigiar cinqüenta e seis prisioneiros, e que quando os outros acordaram para ajudá-los, quatro já haviam escapado.

Ainda com sono, disse a Piquerobi que não era justo bater neles e que deveríamos aumentar o número de guardas.

"Se eu puser mais homens para guardá-los, quem vai caçar?"

Aquela era uma boa pergunta, para a qual não tinha nem mesmo uma má resposta, pois a verdade é que não podiam desperdiçar tantos homens na vigia dos tupinambás e, para maior desgraça nossa, por causa da expedição, as provisões estavam baixas. Assim foi que uma memorável vitória se transformou num aborrecido problema.

Depois de muito pensar, a solução que encontrei foi mandar fechá-los numa oca e manter os doze guardas e mais trinta mulheres dando giros em torno dela. Sem nada poderem ver e somente escutando os passos, pensariam que havia muitos guerreiros do lado de fora e não ousariam fugir. Piquerobi ficou quieto por uns instantes, mas percebi que havia gostado da idéia quando chegou por ali um ancião e ele a contou como se fosse sua.

"Além de valente, Piquerobi é um sábio", disse o ancião.

E assim se fez, senhor, de modo que estava remediado o problema. Mas sabíamos que não era uma solução definitiva, tanto que, não demorou muito, as mulheres começaram a reclamar que tinham coisas a fazer e não podiam ficar dando voltas em torno de uma oca a vida inteira.

Que Conta como Sob um Barrete Pode Haver Mais do que os Cabelos de um Homem

Não foi pequeno o tempo que gastei tentando encontrar outra solução para o problema dos prisioneiros, mas não cheguei a nada. E foi então que, passados sete dias, veio um gentio da praia com um barrete vermelho sobre a cabeça. Como não havia mais roupas por ali, pois todas tinham-se gastado, admirei-me de ele o ter conservado por tanto tempo. Ele, porém, disse que aquele barrete era novo e que o havia trocado por um papagaio com uns homens pálidos como nós, que vinham de uma grande canoa parada no meio do mar. Eu, que estava a comer um peixe, quase morri engasgado.

Corri a avisar os companheiros e fomos sem detença até a praia. Quando chegamos, vimos uma grande nau ancorada no estuário e um bote que acabava de chegar à areia com doze homens. Mal nos divisaram, ergueram seus arcabuzes e bestas para nos matar, mas então pegamos dois troncos e fizemos uma cruz com eles; depois, levantei o braço em sinal de paz e berrei muito calmamente:

"Acalmai-vos, irmãos, estais na Terra dos Papagaios e sereis recebidos sem violência nem inimizade."

Eles muito se espantaram de ouvir uma língua que podiam entender e abaixaram suas armas. Chegou-se mais perto o líder deles e veio falar comigo. Contou-me que eram castelhanos e que sua nau ia no rumo das terras meridionais, onde diziam ter encontrado um grande rio e terras mais geladas que as dos mares da Inglaterra. Seu comandante chamava-se Estebanillo Delgado e era de Valladolid. Com ele vinham sessenta soldados bem armados, mas estava sem grumetes e ajudantes, pois todos haviam sido enforcados após um motim.

Ele e seus homens estavam muito cansados de mar, então perguntou-me se era seguro mandar descer o restante da tripulação. Respondi-lhe que sim, desde que trouxesse presentes.

Em pouco tempo havia obra de cinqüenta castelhanos na praia e isso trouxe grande alvoroço aos gentios que vieram conosco, porque nunca tinham visto tantos europeus juntos. Os marinheiros abriram então uma arca cheia de espelhos, facões, tesouras e colares, o que muito os agradou. Depois de fazerem trocas, foram à aldeia e, lá chegando, admiravam-se de tudo o que viam.

Piquerobi os recebeu com sua conhecida má cara, mas procurei acalmá-lo mostrando que as espadas que nos davam poderiam ser de proveito nas guerras contra os tupinambás, porque eram ainda mais afiadas que as nossas velhas facas e podiam arrancar o braço de um homem. Disse também que eram vizinhos do nosso povo e que não lhe fariam mal enquanto tivesse pacto de amizade com eles, apesar de saber que a gente cristã é capaz de queimar os tratados que assina se puder vender as cinzas.

Ele a tudo ouviu muito desconfiado, mas quando Estebanillo Delgado deu-lhe uma camisa vermelha e amarela, passou a tratá-lo melhor.

Em que Há uma Troca que a Tudo Trocou

E vindo o outro dia, quando estava na rede com uma de minhas esposas, Piquerobi entrou pela oca falando nomes muito feios. Quando lhe perguntei o motivo de tamanha ira, disse-me que os tupinambás haviam tentado fugir à noite e matado um dos nossos. Como a cabeça de um homem não pode estar em dois lugares ao mesmo tempo, pedi a Poropotara que ficasse quieta e meti-me a ver se achava alguma solução:

Vigiá-los não podíamos, porque nos faltavam homens.

Para que os comessem, levaria muito tempo.

Matá-los era contra a sua crença e, se nada fizéssemos, era ainda maior o perigo, pois podia ser que seus amigos nos atacassem e os prisioneiros lutariam contra nós de dentro da aldeia, como fizeram os que estavam no cavalo de Tróia.

Depois de meia hora em que tanto forcei meus miolos que a cabeça doeu-me, finalmente cheguei a uma idéia. Inspirou-me esse pensamento a figura de meu pai, que, como vos disse muitas folhas atrás, era hábil comerciante e não perdia oportunidade de lucrar com os interesses dos homens: se os de Flandres morriam pela pimenta e os portugueses davam sua alma por tecidos de Amsterdão, punha tempero na mesa duns e roupas na pele doutros. Mas deveis estar curioso para saber que idéia foi esta. Aí a tendes:

Primeiramente perguntei a Piquerobi se cinqüenta e dois cativos era um número muito alto. Ele disse que sim e que nunca soube de um ataque que tenha trazido tantos prisioneiros. Depois perguntei se doze não era um bom número para que os pudessem comer em duas ou três festas e ele respondeu que era até uma quantia alta e não era o seu costume comerem tantos.

Então, confiando que a semente da lógica está no entendimento de cada homem, por mais selvagem que seja, disse que o problema estava no que fazer com os outros quarenta cativos. Ele me respondeu "Quarenta...", o que entendi como "Estou compreendendo, pode continuar teu raciocínio".

Propus então que trocasse com Estebanillo Delgado os quarenta tupinambás por mais panos, espelhos, machadinhas, espadas, facas e arcabuzes. Com isso ganhavam os dois: os castelhanos, porque poderiam usar os cativos, e os tupiniquins, porque com as armas seriam ainda mais temidos.

Ao ouvir isso, Piquerobi lançou-me um olhar pasmado e, em vez de dizer sim ou não, começou a coçar a cabeça.

A verdade é que não conseguia entender tantas novidades e andava ainda mais aborrecido de ter que pensar nelas. Antes de nos conhecer, era a sua vida como a de seu pai e de seu avô e de seu bisavô, que nunca lhe disseram nada sobre trocar prisioneiros por machadinhas. Seu entendimento lhe dizia que deviam ser todos comidos e desconsolava-se pensando que iria trair os costumes que o seu povo seguia há tão longo tempo, pois, como disse Santo Ernulfo, a razão não é bem-vinda na casa do hábito.

De sua parte, Estebanillo Delgado considerou um bom negócio levar os escravos. Disse-me que pretendia aproveitá-los no serviço bruto da nau e depois os venderia com lucro em San Lúcar de Barrameda. Porém, passando os dias e precisando partir, começou a impacientar-se e pediu que eu apressasse as coisas.

Fui então até Piquerobi e insisti que fizesse a troca. Ele zangou-se e quis saber por que tinha tanta certeza de que deveria fazer aquilo. Eu disse a verdade e era esta que os castelhanos tinham muito mais armas que os tupiniquins e mais convinha ser seu amigo que inimigo, porque governa este mundo quem tem mais força e os outros calam-se.

Piquerobi ficou irritado, gritando muito e dando-me empurrões. Disse que não acreditava nas minhas palavras e que não havia povo que pudesse vencer os tupiniquins, pois eles eram mais valentes, suas flechas, mais certeiras e suas bordunas, mais duras. Por fim falou que, se viessem os castelhanos, ele os comeria a todos. E estas coisas dou-as resumidas, porque esse falamento não levou menos que uma hora e só a muito custo ele se acalmou.

Vendo que não poderia convencê-lo, propus que fôssemos à praia, onde pediria que os castelhanos dessem um tiro de canhão para que pudesse entender com os olhos o que não podia com os miolos.

Saímos por volta de uns trinta homens e Estebanillo Delgado foi conosco. Eu, ele e Piquerobi tomamos dum bote e fomos até a nau, enquanto os outros esperaram na praia. Chegando lá, subimos ao convés e fomos até o artilheiro, que preparou o canhão e apontou para uma árvore não muito longe de onde estavam os gentios.

Disparou-se então a bala e ela despedaçou a árvore.

Piquerobi ficou admirado do canhão e ainda mais assustado ao perceber que ali havia muitos como aquele. Quando voltamos à praia, ele ficou um longo tempo olhando para os restos daquela árvore sem falar uma palavra, o que para ele não devia ser coisa fácil. Depois veio até mim e disse, muito contrariado, que de nada adiantava querer ficar com os prisioneiros, porque se os castelhanos não fizessem hoje a troca conosco, fariam amanhã com os tupinambás, e assim ficaríamos em desvantagem nas guerras que estavam por vir.

Fez-se então o negócio e Piquerobi recebeu em pagamento espadas, facas, facões, alguns arcabuzes, vários enfeites e até uma dúzia de galinhas, mas mesmo assim não ficou contente e resmungou "jururu... jururu...".

Que Conta a Criação do Paraíso

Quando Estebanillo Delgado partiu, disse que havia gostado de fazer negócio comigo e que falaria de mim a todos os navegantes que fossem à Terra dos Papagaios. Falei que a troca havia sido somente a solução de um problema e que não pensava em transformar aquilo num comércio, mas ele me respondeu: "Não sejas tolo, ó Bacharel, deve haver mais gentios por esses matos que grãos de areia nessa praia. Podes ficar rico vendendo esses prisioneiros."

Não achei de todo má aquela idéia, mas sabia que Piquerobi jamais iria aceitá-la. Porém, quando cheguei na aldeia, tive uma visão que quase me fez saltarem os olhos das órbitas. Piquerobi estava não só com aquela camisa vermelha e amarela, como usava um barrete azul, calções verdes, sapatos bicudos cor de púrpura e dava tiros com o arcabuz, impressionando os anciãos, que estavam em volta dele. Cheguei mais perto e vi que se gabava de ter tido a idéia de trocar os prisioneiros por roupas e armas e, virando-se para mim, disse: “Quando virão de novo os nossos amigos?”

Como os gentios e os castelhanos queriam continuar com aquele comércio, o único empecilho era minha consciência, que dizia ser a venda de homens contrária à religião, mas até as consciências rendem-se aos argumentos bem armados e, naqueles dias, dois deles alistaram-se em minha cabeça, um fazendo as vezes de escudo, o outro, de espada. O primeiro foi que então nem mesmo o Papa sabia dizer se os gentios eram gente como nós ou animais feito os papagaios e, como não há mal em vender papagaios, dei-me por absolvido. O segundo foi que, vendendo os prisioneiros, dava-lhes a chance de conhecer a Europa e a fé cristã, destino melhor que a barriga de seus inimigos. Esses argumentos não só me inocentavam como me faziam em benfeitor, digno de um título de nobreza ou pelo menos de uma comenda.

Falei também do negócio aos companheiros para que se tornassem meus sócios, mas, tirante Jácome Roiz, nenhum deles quis trabalhar comigo.

Simão Caçapo disse que o dinheiro só serve para trazer descanso e mulheres, e que isso ele já tinha. Antonio Rodrigues alegou que achava certo degolar os contrários e arrancar suas cabeças, porém aquilo de vendê-los era contra a vontade de Deus. João Ramalho resmungou que não queria tratar com aquela gente cachorra da Europa, e Lopo de Pina falou que não tinha vocação para sócio pois não sabia partilhar as coisas, e tanto assim era que dava graças aos céus por não ter sido gêmeo e dividido a barriga de sua mãe.

Então eu e Jácome Roiz tomamos alguns gentios e montamos um pequeno porto a duas léguas da aldeia, na entrada de um estuário, onde os navios podiam ficar fundeados em segurança enquanto seus capitães vinham entender-se conosco. Ali construímos uma oca, que nos serviu de armazém, um pequeno trapiche para carregar os bergantins e uma outra oca para os prisioneiros.

Passaram-se então três meses e um navio castelhano aportou no Paraíso. Já vinham instruídos para comerciar conosco e levaram água, frutos, papagaios, macacos, tupinambás e madeira. Depois deste veio um galeão flandrino, depois duas naus francesas, depois um corsário inglês e daí em diante recebíamos ao menos uma visita a cada quatro meses.

Com as lanças, escudos, bestas, pistolas, espadas, martelos, facas, facões, foices e pregos que conseguíamos com os navegantes, ninguém podia fazer frente ao nosso exército. Já não atacávamos apenas os tupinambás, mas também os tapuias, carijós, maromomis, caetés e goitacás, de modo que enquanto os tupiniquins variavam de prato, nós variávamos de mercadoria.

Depois que juntamos muitas armas, passamos a aceitar também algum pagamento em florins, dobrões, reales e outras moedas, que fomos guardando no velho baú trazido da nau de Pedro Álvares, o qual apelidamos Divina Providência.

Como aquele comércio ia a vento largo, nossas ocas foram sendo enfeitadas de panos, não nos faltavam temperos e nossas mulheres usavam muitos colares e espelhos, que chamavam de pedras de água, pois, segundo o seu entendimento, só a água poderia refletir o nosso rosto. Nossa aldeia, se não era rica como o Paço, era bem aprazível de se viver e, como disse Ernulfo, se não podes ter um castelo, enfeita tua caverna.

Só o que faltava era dar um nome ao atracadouro. Primeiro pensei em "Porto dos Escravos", mas era esta alcunha tão óbvia e sem poesia que logo a abandonei. Depois, por saudades de minha terra, tomei por bem nomeá-lo "Nova Ribeira" e assim ele quase foi chamado. Porém, vindo uma noite em que o céu estava cheio de estrelas e eu, deitado numa rede com Teicuaraci e Camacê, tive a idéia de o batizar de "Paraíso", porque ali queria ter muitos prazeres e poucos fazeres, que é como penso ser o céu, onde anjos pulam entre as nuvens e frutas caem à nossa boca.

Quarto Mandamento
Para Bem Viver na Terra dos Papagaios

É aquela terra um lugar onde tudo está à venda e não há nada que não se possa comprar, seja água ou madeira, cocos ou macacos. Mas o que mais lá se vende são homens, que trocam-se por qualquer mercadoria e são comprados com as mais diversas moedas.

De como Sendo Seis, Passamos a Ser Cinco

Senhor conde, se o céu o fez parecido comigo, deveis detestar despedidas. Eu tenho um coração amigo da melancolia e se um homem começa a contar de um filho distante ou de amigo que se foi, logo entro a chorar. Deveis ter observado que falei brevemente da morte de Gil Fragoso, mas não é que não o quisesse bem, e sim que minha mão tremia tanto ao lembrar das coisas daquele dia que era-me difícil segurar a pena, daí que, ou escrevia ligeiro ou não lhe contava nada.

Agora, preparai vosso lenço porque vou lhe falar de um novo perdimento.

E foi que naquele tempo, estando conosco Tibiriçá e sua gente, determinaram tornar à sua aldeia que ficava no alto da serra que leva ao campo. No entanto, um dia antes de partirem, veio até nós João Ramalho e nos surpreendeu dizendo que seguiria com ele. Foi aquilo como uma paulada em nossas cabeças, pois não conseguíamos entender por que deixaria os poucos amigos que podia ter para ir morar com os selvagens.

Ele nos respondeu que muito nos queria, mas que, pelo que ia percebendo, aquele porto estava a crescer de tal modo que logo daria lugar a um povoado, depois a uma vila, então a uma cidade e ele nunca mais teria a vida que gostava de ter.

"Eu quero andar pelos matos, caçar, fornicar com muitas mulheres e não ter que prestar contas a padres, aguazis, coletores e toda essa canalha", disse ele.

Apesar da nossa muita tristeza, não quisemos deixá-lo partir sem uma refestela, e então Jácome Roiz ofereceu-se para fazer um grande banquete de despedida. Cozinhou antas com cocos, recheou cutias com abacaxis, preparou um veado com molho de jabuticaba e fez outras misturas pouco vulgares.

Porém, de todos os seus pratos, fez mais sucesso aquela galinha no molho de sangue que ele inventou em nossa primeira noite na Terra dos Papagaios. Nós a comemos com muito gosto e ficamos com o coração partido, lembrando da nossa chegada e de como, com a graça de Deus, vínhamos sobrevivendo a tantos e tão continuados perigos.

Piquerobi comeu mais que todos e sozinho deu fim a duas delas. Vendo-o com tamanho apetite, comentei que os gentios ainda iam trocar os tupinambás pelas galinhas, mas Lopo de Pina disse que achava mais fácil os selvagens fazerem um homem com aquele molho do que abandonarem o seu mau costume.

Antes de o sol nascer, Tibiriçá pôs-se a caminho e João Ramalho, com suas mulheres e filhos, juntou-se à sua nova gente.

Ao despedir-se, abraçou-nos com muita força e quase chorou. Olhamos para eles até desaparecerem no mato e ficamos bastante tristes, porque, apesar de azedo como um limão, tinha sido um companheiro leal e bom pescador. Nunca se queixou de nada e o que lhe minguava em palavras sobrava em coragem e rijeza.

Logo que chegou ao campo, casou-se com Bartira, a filha mais velha de Tibiriçá, e depois com suas sete irmãs, donde tiro que deve ter sido feliz.

Da Passagem do Tempo e de Muitas Outras Coisas

Não sei, digno conde, se o senhor gasta seus dias pensando em matérias como o tempo, mas quero crer que não, pois isso significa perdê-lo para pensá-lo, o que me parece de pouca sabedoria. Eu, porém, como o tivesse de sobra, gastei um tanto dele nele pensando, e reparei que é coisa muito de endoidecer, pois, se estamos sofrendo, cada instante se arrasta feito uma tartaruga manca; mas, se vamos felizes, galopa como um alazão no cio e aí mal o vemos passar.

Foi dessa segunda maneira que correram aqueles dias na Terra dos Papagaios, de modo que, estando um dia a limpar os dentes com uma espinha de peixe, dei-me conta que havia mais de quinze anos que estávamos ali. Concluí, então, enquanto passava a mão pelas minhas primeiras cãs, que havíamos sido mais felizes do que tristes naquele lugar.

É fato que crescia a nossa geração. Eu mesmo tinha já doze descendentes e comigo acontecia uma coisa curiosa, porque minhas mulheres só pariam meninas. Invejava meus companheiros, achando-me com vontades de ter um rapazinho para me acompanhar nas caçadas. Também é fato que cada vez mais ia eu acostumado naquela vida, ficando destro na arte de atirar flechas, no construir canoas e nos segredos dos matos. Subi algumas vezes ao sertão e, depois de ver tantas vezes a cara da morte, ficara mais rijo e era considerado um líder nas batalhas, porque, embora outros fossem mais valentes, não sabiam pensar táticas de guerra como eu.

De Lopo de Pina direi que não estava triste, mas era o menos contente de todos. Tinha duas mulheres e seis filhos, todos batizados com nomes cristãos. Construiu para si uma oca separada e a dividiu em departamentos, como se estivesse a morar em Portugal. Das suas antigas momices pouco havia sobrado, e só quando bebia o cauim é que fazia alguma graça, sempre a imitar Piquerobi, a quem chamava de "velho papagaio depenado". Quase nunca ia até o porto e, nas poucas vezes que ia, falava que tudo estava mal arranjado e que, fosse ele a cuidar do Paraíso, aquilo seria uma nova Lisboa.

Não andarei longe da verdade se disser que Antonio Rodrigues estava satisfeito com o nosso viver. Estimava muito ter uma família e não caiu, como nós, no pecado da poligamia. Eram suas crianças fortes e tinham uma feição de portugueses, mais que a de todos os nossos filhos. Ensinava-lhes a língua e também umas canções, dividindo-os em vozes, e eles tão bem aprendiam a melodia que era um mimo escutá-los. Por idéia sua fizemos também uma pequeníssima capela de bambus e palha, e ali colocamos uma cruz de madeira. Dissemos aos gentios que era o nosso deus e muito se admiraram de ele ser tão pequeno, mas o respeitavam e não tocavam nele. Um dia, quando fez uma hóstia de aipim e a comeu, Antonio Rodrigues explicou a Piquerobi que aquela era a carne de Jesus Cristo. Piquerobi falou então, muito sensatamente, que não entendia como podíamos censurá-lo por comer seus inimigos quando fazíamos coisa muito pior, que era comer o filho de nosso deus.

Simão Caçapo tinha cinco esposas e com isso pôde realizar um antigo desejo seu que era nada fazer. Suas mulheres cozinhavam, coçavam suas costas e o embalavam na rede. Às vezes ia conosco à caça, às vezes não. Se não havia carne, contentava-se com raízes. Dizia sempre que queria que seu pai o visse ali, porque falava que Simão Caçapo era tão preguiçoso que passaria fome e não arranjaria casamento.

Jácome Roiz gastava o tempo a estudar as coisas do lugar e não se cansava de andar, indo certa vez até o sertão dos tapuias. Continuava a inventar muitos pratos e apreciava sobremaneira cozinhar os diferentes tipos de passarinhos. Tinha filhos com várias mulheres e posso assegurar que, de todos nós, era o que mais amava aquela terra, e tanto assim era que lhe fez um poema e esse foi este:

Esta terra tem palmeiras,
onde canta o sabiá,
as aves que aqui gorjeiam,
não existem em Portugá.

Este céu tem mais estrelas,
estas almas, menos dores,
estes bosques têm mais vida,
estas gentias, mais amores.

Não permita Deus que eu morra,
em outra terra que não cá;

sem que desfrute dos amores
que não encontro por lá;
sem qu'inda aviste as palmeiras
e cozinhe um sabiá.

De como Sendo Cinco Passamos a Ser Quatro e Meio

Aqueles anos, senhor, deveriam ser só de boas lembranças e assim teriam sido se não fosse por um triste acontecimento. Certa vez, sempre a fim de colher escravos, atacamos uma aldeia de tupinambás perto das terras onde viviam Tibiriçá e João Ramalho, num lugar que chamavam Ururaí. Nesse dia contávamos capturar cinqüenta cativos e para isso íamos bem preparados, com boas espadas, facões e pistolas.

Quando começamos a investida, tudo correu conforme nosso planejamento, que foi um ataque em forma de "O". Cercamos os gentios num campo, disparando as pistolas e os ameaçando com as lanças e espadas, de modo que, depois de alguns morrerem bravamente, os outros foram reconhecendo que estavam em desvantagem e entregaram-se. Isso nos deixou muito satisfeitos, pois para nós de nada adiantava matá-los e era coisa de se lamentar quando decidiam perecer como heróis, porque já não os víamos como inimigos, mas como coisas de vender.

Acabada que foi a guerra, Jácome Roiz, que era um dos arqueiros e estava seguramente sentado no galho de uma árvore, resolveu fazer uma dança para comemorar a rendição dos contrários e aconteceu que, indo naquela tropelia, perdeu o apoio, caiu do dito galho e deu com a cabeça no chão, ficando desmaiado por quase uma hora.

Nós o acudimos depressa e ficamos felizes quando percebemos que não havia morrido, mas mais ainda quando o vimos levantar-se e dizer que estava perfeitamente bem. Porém, quando voltávamos trazendo os cativos, notei que alguns de seus modos não pareciam ser os mesmos de antes.

A primeira coisa que estranhei foi quando, depois de dizer que estava com muita fome, enfiou sua mão num grande formigueiro, arrancou do seu interior dúzias de formigas e comeu-as todas como se fossem as mais deliciosas rosquinhas.

Outro fato curioso aconteceu quando quis meter-se de todo num buraco, cavando a terra com as próprias mãos. Logo entendi que havia sido apanhado pela loucura e era o seu estado tão sem remédio quanto o de Nabucodonosor, que, como vós bem sabeis, andava como um mulo e comia a grama do seu jardim.

Depois, quando terminou de cavar, cheguei-me a ele e o encontrei suando muito e respirando com dificuldade, embora parecesse feliz com seu trabalho. Quando me viu, virou-se e disse:

"Não lhe parece que está bem por hoje?"

Eu, ainda sem saber que respostas lhe dar, concordei que era um belo trabalho e falei que saísse daquele buraco para seguirmos viagem. E ele me disse:

"Aqui é minha casa e aqui vou dormir."

Tentei então meter-lhe medo e disse que as alimárias poderiam querer atacá-lo. Mas meu novo argumento de pouco adiantou.

"Se vierem o iaguaretê ou a serpente boicininga, farei como os meus irmãos tatus e cavarei mais fundo até que não possam mais me encontrar." E dizendo isso enfiou-se no buraco e só ficou com os pés para fora.

Dos Tatus

Tenho que vos explicar agora, caro conde, o que são esses tatus, porque, como tendes o pensamento desembaraçado, já deveis ter entendido que meu bom amigo pensava que era um desses animais, dos quais não há semelhantes em toda a Europa.

São eles de tamanhos variados, sendo que uns podem ser pequenos como gatos e outros podem ser maiores que um porco. Têm a cabeça como de lagarto e um rabo comprido, mas a sua singularidade é uma carapaça muito dura, com várias lâminas que os protegem das investidas de seus inimigos. É tão curiosa a sua figura que a melhor comparação que posso fazer é a de um cão vestindo uma armadura.

Vivem esses tatus a cavar buracos, sendo alguns muito fundos e tão largos que lhes cabe um homem deitado. Comem raízes, frutos, insetos e são pacíficos. Também é a sua carne muito saborosa e dela fizemos bons assados.

Foram os primeiros dias daquela loucura os mais difíceis de aturar, porque meu amigo queria ser como um perfeito tatu, não fazendo caso de estar conosco e nem de tornar a ver suas mulheres e filhos. Porém, com o meu muito teimar, foi ele deixando aquele estado e, aos poucos, voltou a andar ereto e a comer outras comidas, aceitando ser meio homem e meio tatu.

Que Serve de Arauto ao Seguinte

Senhor conde, escrevendo essas linhas em que vos falo dos tatus, vejo que até aqui me calei sobre os curiosos seres que só existem naquela parte do mundo. É isto grande erro, pois ninguém tem a exata idéia de uma terra sem conhecer as alimárias que nela habitam; e sendo assim com todas, mais será com aquela que se chama dos Papagaios.

Porém, caso sejais como os tolos leitores de hoje, que preferem as novelas aventurosas aos livros de ciência, aconselho-vos a saltar de um só golpe as próximas folhas, ainda mais que, depois delas, virão acontecimentos tão extraordinários que é pena demorar-se a lê-los. Contudo, se tiverdes um pingo de penetração e fordes amigo do saber, talvez aprecieis esse pequeníssimo livro que escrevi nos dias que passei naquele país, mal imitando os bestiários que se imprimiam na Europa no tempo da minha mocidade.

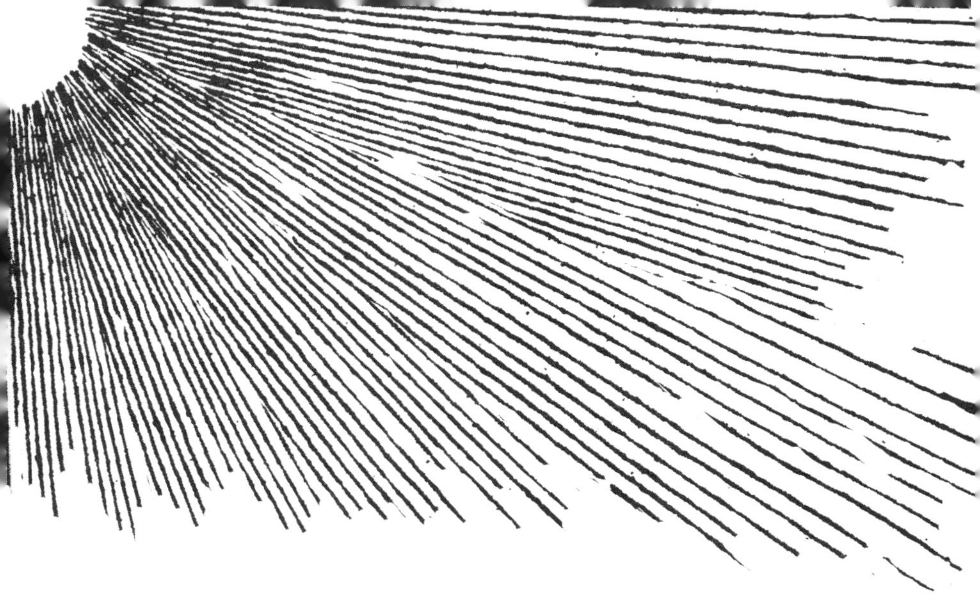

Liber Monstrorum de Diversis Generibus

por Cosme Fernandes

Intróito

Sendo o Criador infinito em saber e poder, não poderia se contentar em criar umas poucas alimárias sem variar-lhes as formas, as cores e as maneiras, e por isso as pôs nesta Terra de tantos modos quantos são as estrelas que há no céu.

Muitos homens tentaram juntar as mais diversas criaturas moldadas pelo Soberano em livros que se chamam bestiários, e a eles quero me juntar. Porém, sendo de origem modesta e de pouca educação, está longe de mim querer-me mais viajado que Richart de Fornival ou mais sábio que Adelardo de Bath; nem pretendo ser melhor filósofo natural que Gervais de Tilbury ou mais conhecedor da teologia que Giraldus Cambrensis; e tampouco espero que me tenham por tão bom narrador quanto Brunetto Latini ou fisiologista como Teobaldo de Champagne.

Mas, como nenhum desses valorosos senhores esteve na Terra dos Papagaios, é este um bestiário diferente de todos os já feitos, pois não descreverei aqui os conhecidos e comuns unicórnios, grifos e sereias, que todos já viram ao menos em desenho quando não em pêlo, mas sim as principais e inéditas criaturas que vi nestas paragens, que não existem em nenhum outro sítio da Ásia, África ou mesmo do inferno.

Fique então o leitor com estes seres bizarros e únicos, com os quais temos muito o que aprender, sabendo que posso jurar e tresjurar que tudo o que aqui está é tão verdade quanto eu chamar-me Cosme Fernandes e vós serdes quem sois.

Anta

A anta possui um nariz que em tudo lembra o cano de um homem. Sua carne é boa e, se se queimam seus ossos, a fumaça afugenta as serpentes. As botas feitas com sua pele curam a gota, e sua bílis, quando esfregada no corpo, afugenta os répteis. O mais útil, porém, são seus testículos, que têm tal poder de medicina que curam mais de dez enfermidades, e por isso é muito buscada pelos selvagens.

A anta é como o homem, que parteja uma cria por vez, mas quando acontece de dar à luz um par, logo entram os filhotes em luta e só param quando um deles cai morto. Isso ocorre porque a anta tem apenas uma teta e os filhotes muita fome. Daí tiramos que quando dois querem o que um só pode ter, é certa a briga e provável a morte.

Baleia

A baleia é uma besta enorme e tem de cem a duzentos côvados. Por ser essa costa cheia de muitas baías, enseadas e esteiros, acode grande multidão delas a estes recôncavos, principalmente de maio até setembro, quando parem seus filhos. Às vezes vêm quarenta e cinqüenta juntas. Têm o toutiço furado e por ele resfolegam e botam grande soma d'água, e assim a espalham pelo ar como se fosse chuveiro.

A baleia permanece tanto tempo em um mesmo lugar que sobre seu costado crescem arbustos e ervas. Os navegantes, em sua ignorância, fundeiam ao seu lado pensando estarem na orla de uma ilha. Depois acendem fogo em cima dela para preparar sua comida e, quando o monstro sente o calor, submerge ao mais profundo do mar e arrasta consigo a nave e todos os marinheiros.

A baleia significa o mundo e os marinheiros são os homens, mas não passam estes de uns tolos, pois ignoram que tudo é efêmero e desconhecem que, se um dia estamos sobre as ondas, no outro podemos afundar.

Cuibiretês

Os cuibiretês são selvagens que vivem a oeste da Terra dos Papagaios e têm tudo em comum com os outros homens, a não ser suas gargantas muito longas, quase como se fossem girafas. Como as palavras demoram a passar por toda a extensão do pescoço, isso lhes dá mais tempo para cuidar do que vão dizer. Sendo assim, raramente falam asnarias e parecem todos muito sábios.

E com os cuibiretês o Senhor mostra aos outros homens que deve-se pensar antes de falar, pois mais vale a língua lenta e sábia que a breve e descuidada.

Dragão

É a maior de todas as serpentes, e, na verdade, o maior de todos os seres vivos que caminham sobre a Terra. Quando o dragão sai de sua caverna, se eleva aos céus e o ar ao seu redor se torna escuro e ardente. Sua força não está nos dentes, mas no rabo, que pode destruir uma árvore com uma simples abanada. O dragão nasce nos lugares onde o calor é perpétuo, como na Terra dos Papagaios, e se assemelha a uma serpente com asas. Quando faz trinta e três anos vai viver no oceano e aí cresce ainda mais. Passa ele então dos dez mil metros e são os seus movimentos que provocam as ondas, as marés e a agitação do mar. E com isso aprendemos que a causa das tempestades, dos maremotos, dos naufrágios e de todos os males nem sempre está à tona, podendo estar por baixo de tudo e longe da vista.

Espadarte

Destas bestas marinhas há grande cópia por aqui. São ferozes e têm uma tromba como espada, toda cheia de dentes ao redor, muito agudos e tão grandes como de cão. Com essas trombas fazem cruel guerra às baleias, porque dão-lhes tantas pancadas que é coisa de espanto, e dessa forma se encontram muitas mortas e em pedaços por essas praias. Os gentios usam dessas trombas para açoitarem os filhos e lhes meterem medo quando são desobedientes.

O espadarte ataca também as canoas dos gentios, serrando-as por baixo com sua tromba, assim como o Diabo nos ataca vindo das profundezas do inferno. Porém, com os espadartes não adiantam as orações como na luta contra o Anjo Rebelde, e apenas a golpes de machadinha é que se consegue afastar o monstro. E assim é na vida, pois há seres malignos que afastamos com a fé, mas há outros que somente afastamos a pauladas.

Guanumbi

Obra-prima de pequenez e maravilha é esse minúsculo pássaro. Tem as penas esbranquiçadas e brilhantes e não é maior que um besouro. Se não o víssemos e ouvíssemos, não poderíamos acreditar que de tão miúdo corpo pudesse sair canto tão alto, claro e nítido como o do rouxinol. Esse pequeníssimo passarinho quase não arreda dos pés de milho ou de outros arbustos e está sempre de bico aberto. Agitando suas asas com descomunal ligeireza, consegue ficar parado em pleno vôo, a levitar como Nosso Senhor Jesus Cristo sobre as águas.

Com essa arte, tal animal nos ensina que não devemos confiar nas aparências, pois aquele que dá ares de quietude pode estar se agitando sem que vejamos.

Hipuplara

Têm os naturais tão grande medo desses monstros que só de cuidarem nele já morrem muitos e nenhum que o vê escapa. Parecem-se com homens de boa estatura mas têm os olhos muito encovados. As fêmeas lembram mulheres, têm cabelos compridos e são formosas. Acham-se esses monstros na barra dos rios doces. O modo que têm de matar é: abraçam-se com a pessoa tão fortemente, beijando-a e apertando-a consigo de tal maneira que lhe quebram todos os ossos. Quando sentem que o abraçado está morto, comem-lhe os olhos, o nariz e a genitália, e assim se acham gentios pelas praias com essas coisas de menos.

Deus fez tal animal para que sirva de exemplo de como podem ser certas mulheres, que nos abraçam e nos beijam, mas que na verdade estão a nos moer os ossos e a nos arrancar pedaços.

Iaguaretê

É um tipo de tigre que há por aqui, só que mais cruel e feroz que os da Pérsia. Quando estão famintos de carne, matam logo muitas cutias juntas, desbaratam uma casa de galinhas, um bando de veados, e basta darem uma unhada num homem ou em qualquer outro animal para o abrirem pelo meio.

Têm pernas quase tão altas e é tão veloz na carreira quanto o galgo. Quando pegam algum gentio, o matam, despedaçam e devoram. E como os selvagens são cruéis e vingativos contra tudo o que os prejudica, quando pilham nas suas armadilhas uma dessas feras, flecham-na e golpeiam-na e a deixam nos fossos durante muito tempo antes de acabar de matá-la.

Quando alguém se vir perseguido por um iaguaretê, para escapar-lhe deve jogar pedaços de espelho pelo chão, pois é esse animal tão vaidoso que não consegue deixar de se olhar, mesmo se está a perseguir uma presa. E do iaguaretê devemos tirar a seguinte lição: que alguns ficam tão presos às vaidades e aos prazeres do mundo que não conseguem seguir seu caminho, e assim deixam de alcançar suas presas e seus intentos.

Jacaré

Esses lagartos são de notável grandeza: têm a grossura de uma coxa de homem e comprimento de uns quinze palmos. Seu focinho é comprido como o do cão e por todo o corpo possuem umas lâminas como as de um cavalo armado e não há flecha que por elas passe. Seus ovos são grandes como os das patas e tão duros que batendo um no outro tinem como ferro.

A sua boca é muito rasgada e por ela come um porco inteiro em quatro ou cinco bocados. A cada vez que devora um homem, o jacaré chora muitas lágrimas que parecem ser de sincero arrependimento. Mas não são. Tanto que, na primeira vez que tem fome, volta a atacar. E Deus fez esse animal para nos alertar que há quem faça um mal pela manhã e à tarde se diga arrependido para todo o sempre, mas na mesma noite esquece o juramento e de madrugada já o está a repetir.

Minotaura

Assim como havia o minotauro na ilha de Minos, na ilha de Anhambi existia uma minotaura que tinha corpo de vaca na parte superior e de mulher na inferior. Da mesma forma que seu distante primo, a minotaura também recebia uma oferenda a cada ano, que era sempre um homem virgem para que ela o matasse e comesse. Porém, quando lhe foi mandado o jovem Ibiriquera, ela apaixonou-se e, em vez de comê-lo, tomou-o por esposo.

Ibiriquera pensou em fugir, mas com o tempo acabou por apaixonar-se por sua esposa com quatro tetas, que nunca lhe deixava faltar leite e deleite. E com a minotaura ensina o Soberano que o amor não adentra à alma apenas pelos olhos, mas também pela boca.

Naritataca

Esse animal é do tamanho de um gato e no lombo tem uma mancha branca e outra parda que lhe ficam em cruz muito bem-feita. Sustenta-se dos pássaros e de seus ovos. É temidíssimo; não porque tenha dentes nem outra arma com que se defenda, mas dá certa ventosidade tão forte e tão ruim que até nos paus e pedras penetra, e é tanto que alguns índios já morreram de tal fedor e cão que a ele se achega não escapa. Dura esse cheiro quinze, vinte e mais dias e é tal que, se se dá esta flatulência junto dalguma aldeia, logo ela se despovoa.

E com o naritataca aprendemos que muitas são as armas que há neste mundo e que cada um deve usar a que melhor maneja, seja punhal ou palavra, machado ou cu.

Ostra

Existe nestes mares uma pedra que se abre por sua própria vontade, de forma que é praticamente como um animal e tem o nome de ostra. Esses seres se elevam do fundo do mar quando desponta a aurora, abrem a boca, absorvem o orvalho e, guardando em seu interior os raios do sol, da lua e das estrelas, dão nascimento às pérolas.

E são as ostras como certas mulheres feias, que não oferecem belezas por fora mas que revelam muitas maravilhas quando se abrem.

Papagaio

Nesta terra são eles infinitos e mais que os pardais de Espanha. Sempre andam em bandos e são tantos que há ilhas onde não há mais que papagaios. Como têm boa carne, pode-se perfeitamente cozinhá-los. Folgam muito, tirando de comer das pessoas que os criam e saltam-lhe nas mãos, nos peitos, nos ombros e cabeça. São de ordinário muito formosos e de várias cores e de várias espécies, e o espetacular e difícil de crer é que alguns deles falam muito bem se os ensinam, apesar de o fazerem por repetir e não por conhecerem os mistérios da gramática.

E como em cada grão de areia escreve Deus suas palavras para quem as souber ler, com os papagaios aprende-se que nestas terras, e mesmo neste mundo, muitos são os que falam, mas poucos os que sabem o que dizem.

Quati

O quati é um tipo de gato que tem patas retas e largas, e as garras duras e afiladas. Seus excrementos curam a vista endurecida e comer o seu rabo cru é bom para prisão de ventre. Seu pêlo é macio e tem singularíssimo poder de mudar de cor de acordo com os arredores. Assim, se está entre as pedras, é cinzento; se fica entre as folhagens, esverdeia, e à noite faz-se preto.

Essa alimária nos ensina que o homem deve ser como o que está à sua volta, sendo polido entre os polidos e selvagem entre os selvagens, lição que muito segui e a qual posso afirmar ser muito sábia e necessária.

Riripês

Os homens da tribo dos riripês possuem, para espanto das mulheres e inveja dos homens, duas vergas. São elas situadas uma ao lado da outra e funcionam cada uma por si, de forma que esses homens, logo depois de uma cópula, já estão prontos para uma segunda. Porém, ao contrário do que se poderia imaginar, as mulheres dessa tribo não os preferem para esposos, pois consideram os riripês muito ansiosos e facilmente infiéis, achando melhores os homens da tribo vizinha, que têm apenas um cano. E com isso vemos que mais vale o pouco que se usa que o muito que sobre.

Sucuri

Essa cobra é das maiores que há e algumas se acham de vinte pés por comprido. Não têm peçonha, nem os dentes são grandes conforme o corpo. Para tomar a caça de que se sustenta, usa dessa artimanha: estende-se pelos caminhos e, em passando a presa, lança-se sobre ela e de tal maneira se enrodilha e aperta que lhe falta o ar e ela morre. Depois — e aí está o que mais causa espanto nesse monstro —, engole a presa por inteiro, mesmo que seja do tamanho de um boi ou duma cabra. Então começa a má fortuna da sucuri, pois, quando tem a barriga muito cheia, não consegue se mexer e deixa-se ficar, com o que é atacada pelos corvos que a comem toda.

A ensinança que recebemos da sucuri é que não devemos ter mais do que aquilo que podemos carregar, pois senão a usura e a avareza nos atacam e nos devoram a alma.

Tamanduá

Esse animal é de natural admiração. É do tamanho de um grande cão, mais redondo que comprido, tem pêlo curto, reluzente e mosqueado. O rabo é como de dois comprimentos do corpo e cheio de tantas sedas que, pela chuva, frio e vento, se agasalha todo debaixo dele sem lhe aparecer nada. A cabeça é pouco volumosa e o focinho, que começa nos olhos e tem mais de um pé de comprimento, é redondo como um bastão, afinando na boca, a qual é tão pequena que nela cabe apenas a ponta do dedo mínimo. Não me parece que haja algo mais extravagante e monstruoso do que esse focinho semelhante a um canudo de gaita de foles, de onde sai a língua do tamanduá, que tem três palmos ou mais. Com as unhas, que são do tamanho dos dedos da mão de um homem, desmancha os formigueiros e, deitando a língua fora, pegam-se nela as formigas, e assim as sorve.

E com esse animal a natureza dá-nos o seguinte conselho: que mesmo estando seguros em nossas casas, como as formigas, pode entrar por ela a pegajosa língua dos maldizentes e nos levar ao erro.

Urubu

Trata-se de uma ave grande e negra, que voa mui lentamente e faz ninho nas rochas ou nas grutas mais altas. É tremendamente voraz. Jejua durante quarenta dias e depois, quando encontra alimento, come quarenta medidas e assim se prepara para um novo jejum.

O urubu sabe predizer a morte dos homens e, quando alguém está perto do fim, fica sobrevoando o que há de morrer. E faz assim porque come ele apenas a carne dos cadáveres, pois é um animal muito covarde e que se assusta até mesmo com gritos, não sendo necessário atirar paus ou pedras para espantá-lo.

E com ele aprendemos uma lição mui importante, e é esta que aos covardes que não querem lutar por seu sustento e seus prazeres, sobram apenas a carniça e a podridão.

VARUMBIS

Os homens da tribo dos varumbis possuem orelhas muitíssimo compridas, e algumas chegam até os seus calcanhares. Com isso escutam muito bem e sempre sabem as opiniões de uns sobre os outros. O resultado disso é que eles brigam amiudadamente, no mais das vezes puxando-se pelas grandes orelhas, com o que ficam elas ainda maiores.

E com os varumbis aprendemos que, se quisermos ter muitos amigos, não devemos ter perfeitos ouvidos.

XURI

O xuri é uma ave grande, quase da altura de um homem. Tem patas de camelo e penas de asas de ave, mas não consegue erguer-se do solo, ainda que levante as asas como quem quisesse voar. Assim são os hipócritas que, simulando viver como os justos, imitam suas santas palavras, mas não suas pias ações. Eles despregam suas asas fingindo santidade, mas, carregados de erros, jamais conseguem se elevar por sobre a terra.

ZEPARDO

O zepardo é um dos mais estranhos animais da Terra dos Papagaios e tem corpo de zebra e cabeça de leopardo. O pêlo é trigueiro e sobre ele há manchas circulares como as dos leopardos e listras negras como as das zebras, o que os torna muito espantosos de se ver.

Porém, o mais curioso é que quando os zepardos têm fome mas não dispõem de nenhuma presa por perto, com a cabeça de leopardo comem o próprio quarto traseiro, que é de zebra. Por conta disso já há poucos deles e é bem capaz que acabem desaparecendo. Portanto, se alguém vier à Terra dos Papagaios procurar zepardos e não os encontrar, não é porque eu tenha faltado à verdade, mas porque já se comeram todos, visto que não há nada mais mortal para uma raça do que comer-se a si mesma.

Em que o Paraíso Deixa de Sê-lo

Senhor, penso que há certos dias em que Deus, aborrecido por ver as coisas sempre semelhantes e sem atribulações, escolhe um dos pecadores e embaraça-lhe os fios do destino só para divertir-se e ter o que comentar com São Pedro. Acho que esse enfastio está por trás do Dilúvio, do incêndio de Roma, das invasões dos turcos, dos terramotos e dessas navegações que ora se fazem pelo mundo.

Naquele mês de fevereiro, creio que fui eu o escolhido para esse seu recreio, pois trocou-se por completo o enredo de minha vida.

Começo por dizer que chegou ao Paraíso um galeão. Vinha com muita pompa, tocando trombetas, alçando bandeiras e dando tiros. Fomos todos até a praia e vimos quando desceu um bote com quatro homens, sendo que à frente um marinheiro empunhava a bandeira de Portugal e na popa vinha o comandante muito bem vestido com uma casaca amarela, um barrete de cores verde e vermelha e calções pretos. Quando chegou rente à praia, desceu do bote, disse que trazia uma carta régia, cem soldados e cinqüenta canhões.

Isto dispensava a apresentação, porém nos disse o seu nome: Cristóvão Jaques.

Era um fidalgo magro, com braços compridos, barba rala e pelado na cabeça como Tamerlão. A primeira coisa que fez depois de se apresentar foi censurar-nos por andarmos nus e não sossegou enquanto não nos deram uns calções para escondermos as partes. Depois quis andar um pedaço pela praia e saber das riquezas da terra, de nossas mulheres, da comida, dos costumes do gentio e de muitas outras coisas.

Após escutar nossa narração, felicitou-nos pelos laços de amizade que atamos com Piquerobi e sua gente, chamando-nos de súditos fiéis. Com isto ficamos muito contentes, porque pensamos que nos daria algum prêmio ou honraria, ou, quem sabe, nos mandaria de volta a Portugal.

Porém, logo tirou os sorrisos de nossas caras, dizendo que vinha com plenos poderes para prender traidores, matar inimigos, construir fortalezas, expulsar os invasores e estabelecer fronteiras com as terras descobertas por Castela, que eram serviços para os quais ele esperava contar com a nossa submissa lealdade ainda por muitos anos.

Ficamos entristecidos ao ouvir isto e Lopo de Pina ainda quis saber se pelo menos um de nós poderia voltar e dar notícias do nosso estado aos parentes, bem como avisar a família de Gil

Fragoso de sua morte para que rezassem por ele, mas Cristóvão Jaques não se comoveu com nada disso e falou:

"Se quiserem podem escrever cartas, mas não se iludam porque não vão sair daqui tão cedo."

Depois nos explicou que, assim como nós, havia outros degredados por toda a costa, e que, por sabermos a língua e termos trato de amizade com o gentio, éramos de grande valia para o serviço de Sua Majestade. Disse também que o rei queria povoar a terra, mandando novos colonos, pois os estrangeiros navegavam e entravam pelo sertão como se estivessem em território seu e isto não podia ser. Por fim, olhando-me fundo nos olhos, perguntou:

"Diga-me, alguma vez os estrangeiros entraram aqui?"

Foi aquela, senhor conde, uma hora muito difícil para mim, pois se confessasse a verdade, poderia não ser perdoado, e, se mentisse, poderia ser descoberto. Minha cabeça era naquele instante uma arena em que se batiam a honestidade e a astúcia. A primeira armou-se então com as palavras da Santa Escritura, que diz: “O que encobre suas transgressões nunca prosperará, mas o que as confessa alcançará a misericórdia.” Já a segunda lançou mão do ditado: “Aquele que não contém sua língua acaba por perdê-la.” Como só um dos argumentos parecia ter um grão de juízo, eu lhe disse:

“Há uns dois anos vieram para cá uns franceses, mas nós os expulsamos a paus e pedras, a fim de lhes mostrar que éramos soldados de D. Manuel e que estas terras são tão portuguesas como as ruas da cidade de Lisboa.”

Cristóvão Jaques ouviu tudo com paciência e parece que acreditou no que lhe disse, porque sorriu e então pela primeira vez vi seus dentes amarelados. Depois começou a falar de outras coisas, contando-nos como tinha capturado alguns ingleses e como se comprazia em torturá-los para que dissessem a verdade. Pensei que estivesse querendo nos meter medo, mas depois vi que gostava de contar seus feitos e fazia isto apenas para se vangloriar.

E foi que estiveram conosco por quinze dias, não fazendo nós economia em dar-lhes as melhores carnes, raízes e frutos. Levamos muitos odres com água até a nau e também alimentos e aquela lenha que os gentios chamavam arabutã e os portugueses chamaram brasil, por ser o seu interior escarlate à maneira das brasas.

Deixou ele em terra um capitão que se chamava Pero Capico e um jovem soldado, mui franzino, de nome Francisco de Chaves. Ao capitão deu ordem para que demarcasse aqueles lugares e os dividisse entre nós. Por fim, repetiu que não levaria nenhum de nós consigo e antes que protestássemos disse que nos devíamos dar por bem pagos, pois receberíamos terra para lavrar sem que, por dez anos, tivéssemos que pagar direitos, sisas, impostos, dízimos, quintos e as mais taxas que a gente honesta pagava sem reclamar.

Ordenou que em tudo obedecêssemos a Pero Capico e avisou que se o encontrasse com um arranhão pagaríamos com a nossa morte e a de todos os nossos parentes. Também nos proibiu de chamar aquele lugar pelo nome de Paraíso, dizendo que deveríamos tê-lo por São Vicente, que este era seu nome oficial e assim constava em muitos mapas e cartas de marear.

Depois tomou dum bergantim, foi até a sua nau e partiu. Eu fiquei ainda um bom tempo na praia a ver sua nau se apequenar e a lamentar que aquela terra não mais fosse o Paraíso.

Em que se Dá a Conhecer o Capitão Pero Capico

Esse Pero Capico tinha olhos grandes e assustados como os de um corujo. Era homem baixo, peludo e de ombros largos, com pernas tão curtas e finas que, visto de longe, parecia um triângulo de cabeça para baixo. Não poderia mentir dizendo que não senti grande ódio por ele. Contudo, há que se reconhecer que naqueles dias não me fez nenhum mal. Quase nada falava e ia deixando o tempo passar.

Mostrou ser bem versado na arte da lisonja, pois nunca deixava de nos elogiar por qualquer coisa e escutava nossas tolas opiniões com a cara enrugada, como se estivesse a ouvir o próprio Diógenes. Também contava muitas histórias terríveis sobre a navegação das Índias, e com isso nos mantinha sempre interessados.

Ao cabo de dois dias, construímos uma pequena oca para ele e seu soldado. Lá deixou seus baús cheios de papéis e ficou sem reclamar. Vindo uma noite, chamou-me para uma conversa. Não fui de muito boa vontade, mas estava que morria por conhecer seus planos e queria saber se o nosso porto corria algum perigo de ser destruído ou confiscado. Pero Capico pôs-me à vontade e, na maior parte do tempo, falou de si mesmo, sempre repetindo que considerava um grande aborrecimento estar naquela terra, o que só fazia por dever favores a Cristóvão Jaques.

Fiquei surpreso com tais palavras, porque assim de o olhar e admirar suas maneiras, pensei que fosse homem severo e submisso à vontade do rei, mas era exatamente o oposto disso. Dei-lhe então uma boa porção de aipim, que ele não achou má comida, e um abacaxi, que ele disse ser muito parecido com D. Manuel, porque também tinha coroa e era azedo.

E talvez por ter falado em azedume, cresceu o de Pero Capico e ele tornou a queixar-se do seu trabalho, dizendo que ganhava pouco mais que um sapateiro da Rua Nova e ainda tinha que lamber os pés daquela gente repetenada das cortes.

"D. Manuel e todos os seus lacaios são uns cães podengos e uns ladrões! Uns ladrões, senhor Bacharel!"

Em verdade, chamou ele aos fidalgos de muitos outros nomes maus, os quais aqui não escrevo pelo respeito que tenho à vossa mãe. Mas ele continuou:

"Se ao menos houvesse jeito de se ganhar dinheiro neste inferno já seria um consolo."

Naquela hora, não resisti à tentação de falar do negócio dos escravos, mas o fiz assim pelo alto, sem falar dos muitos gentios que vendíamos e nem da soma em dinheiro que eu e Jácome Roiz já havíamos juntado. Pero Capico ouviu-me com interesse e, para minha surpresa, disse que pouco se importava em regular as nossas vidas, desde que lhe pagássemos a quinta parte de cada venda. Achei aquilo uma cobrança muito abusiva, porque Deus, que é Deus, cobra apenas o dízimo, mas não me queixei. Por fim, pediu que o ajudasse a escolher algumas entre as melhores gentias tupiniquins, porque desejava aproveitar o tempo naquela terra quente e maldita com folgança e pecados.

E quando estávamos no meio daquela conversa, apareceu Lopo de Pina com dois potes de cauim e sentou junto de nós. Pensei que com três goles Pero Capico fosse ficar tonto, mas descobri que era um excelente bebedor, porque, mesmo não estando acostumado ao vinho dos gentios, tomou muitas canecas sem perder a consciência do que falava; tanto isso é verdade que quando lhe perguntei se já tinha idéia de como ia dividir as terras entre nós, respondeu calmamente que não tinha pressa em decidir nada, mas que poria cada homem no lugar onde fosse mais útil ao serviço da Coroa.

Vendo que nada podia arrancar dele, fui aos poucos perdendo o interesse no que falavam e dormi. Quando acordei, já era quase manhã e, para minha surpresa, os dois ainda estavam a conversar diante da fogueira, rindo como meninas antes dos bailes e falando como velhas depois da missa; ao lado deles havia seis potes de cauim. Notando que eu havia acordado, Pero Capico ergueu-se da rede e disse:

"Vai para o teu porto, senhor Bacharel, mas não te esqueças do meu quinto."

Quinto Mandamento
Para Bem Viver na Terra dos Papagaios

Desde o primeiro, são os funcionários daquela terra um tanto madraços e preguiçosos, e, se na frente de seus superiores parecem retos, quando esses lhes dão as costas, revelam-se muito astutos e só nos atendem se lhes damos algo em troca. Portanto, se fordes para lá, senhor conde, não se esqueça de ser generoso com eles, pois lá as portas não são abertas com chaves de ferro, mas com moedas de prata.

Da Sexta Parte que Recebi por Ser um Quinto Menor que um Terço

Passando os dias, a raiva que tinha por Pero Capico tornou-se em indiferença e da indiferença chegamos bem perto da amizade. Andava com ele por aqueles lugares, sempre tendo boas conversações, porque conhecia Aristóteles, Santo Ernulfo e Ptolomeu, autores que li na mocidade e de cujos escritos conservava uma ou outra lição, embora vivendo há tanto tempo entre os bravos daquela terra.

Também andava muito com Lopo de Pina, mas eles não gastavam tempo em palavreado, e sim em espairecer e embriagar-se, com o que não era raro os encontrar divertindo-se com canções desrespeitosas e tropeçando pelos caminhos.

E desse modo, depois de muita filosofia e não menos cauim, foram-se dois meses. Ao cabo deles concluiu Pero Capico a divisão daquelas terras e, para anunciá-la, chamou-nos todos à oca que era a sede do governo. Ali mesmo, em pé, fez um breve discurso dizendo que não havia sentido em ficarmos todos juntos, porque já tínhamos grandes famílias e muitos escravos, e, sendo assim, divididos faríamos melhor serviço ao nosso rei. Falou que terras caberiam a cada um e enquanto isso ia dando os papéis de posse:

* A João Ramalho coube o campo, porque lá já vivia e era genro de Tibiriçá.

* A Simão Caçapo deu a mata que ficava ao sul do Paraíso, onde não havia mais que mosquitos.

* A Antonio Rodrigues deu as propriedades do grande lagamar ao pé da serra que vai para o campo, uma terra de charcos e ruim para os plantados.

* A Jácome Roiz premiou com a metade norte da ilha, um lugar remoto e sem defesa.

E depois disso vieram duas grandes surpresas:

Lopo de Pina ficou com a metade sul da ilha, pegando a parte onde estava o Paraíso e tudo que lá havia, inclusive o meu armazém e a estrada que abrira para que os escravos chegassem mais depressa ao porto. Daí tirei, senhor, que a garrafa é melhor amiga que os livros, porque não há dúvida de que naquelas bebedeiras Lopo de Pina havia conquistado a amizade de Pero Capico mais do que eu em nossas conversas.

Porém, ainda faltava saber qual parte me caberia naquela divisão. Como não restava mais nada que prestasse, pensei comigo que Pero Capico me dotaria com as quintas de Belzebu, e, em verdade teria sido melhor paga, pois deu-me as terras que ficavam ainda mais ao sul do que as que deu a Simão Caçapo, no termo das posses portuguesas, em lugar desabitado e muito perigoso por ser vizinho das terras dos gentios carijós, além de ser também sujeito aos ataques dos castelhanos, porque naquele tempo não se podia dizer com certeza se tais terras eram de tal ou tal nação. Para não me alongar, digo que me mandava para a morte.

Depois que acordei do susto, ainda tentei falar com ele, pedindo que não me enviasse àquele lugar, pois não poderia defendê-lo como convém estando tão longe de Piquerobi e dos companheiros. Ele, porém, pareceu não se importar com as minhas súplicas.

"Quem poderia eu mandar para iniciar a fortificação e defesa daquele ermo senão um homem experiente e líder como tu?"

"Mas, senhor capitão, meus escravos são poucos e o senhor sabe que em minha família só tenho mulheres. Os carijós logo saberão da nossa chegada e hão de querer vingar-se das derrotas que tiveram diante de nós."

"Senhor Bacharel, os bons soldados se orgulham de serem escolhidos para as tarefas mais difíceis."

"Mas eu não sou soldado e isso não é uma tarefa difícil, é uma sentença de morte."

Pero Capico, que vinha respondendo com paciência, aborreceu-se com as minhas queixas e mudou seu modo de falar:

"Ordens reais não são para serem discutidas e sim para serem cumpridas, mas como sou de natural generoso, dou-te mais três vantagens: a primeira é que podes levar contigo a Jácome Roiz e sua família, porque assim dou também o norte da ilha a Lopo de Pina e não precisaremos dividi-la; a segunda é que podes levar contigo meu valoroso soldado Francisco de Chaves, e a terceira é que, tão logo chegue a primeira nau do reino, eu te enviarei dois canhões e vinte homens bem armados para que possas melhor defender os confins dessa nação."

Olhei então na direção do porto e não pude acreditar que depois de quinze anos de tão dificultosos trabalhos teria que entregá-lo a outro. Pensei em suplicar que mudasse aquela decisão, mas não disse mais nada. Pero Capico encorajou-se e tornou à carga:

"E caso algum de vós tenha esquecido, lembro as palavras de Cristóvão Jaques: se um fio de cabelo for tirado de minha cabeça, as vossas serão cortadas."

E foi que, mesmo muito irado, contive meu desejo de arrancar-lhe os olhos, ajoelhei-me e agradeci sua bondade. Ele estendeu sua mão para que eu a beijasse e disse apenas que não permitisse, de modo nenhum, a entrada de gente não-portuguesa nas terras que ia povoar, porque sabia que eu tinha o mau hábito de ser tolerante com os estrangeiros.

Não vos direi como fiquei abatido naqueles dias. Não falava, não dormia, não comia e só tinha ânimo de ficar na rede olhando as formigas que passavam. Quando expliquei a Terebê que teríamos que partir, ela ficou triste e aborrecida, pois, sendo rústica, não conseguia entender como vinha um homem de longe e nos obrigava a sair das nossas terras, abandonar os parentes e ir morar num lugar vizinho dos inimigos. Contudo, obedeceu-me e me ajudou a arranjar as coisas para a mudança.

Piquerobi logo quis levantar sua gente e partir Pero Capico ao meio com um golpe de borduna, mas depois de muito trabalho o convenci de que teríamos que esperar uma outra chance para nos vingarmos, se é que um dia nos vingaríamos. Na verdade, não queria que ele se metesse numa guerra estúpida, porque os portugueses tornariam e acabariam com toda a sua gente, e isto não podia ser.

Quanto a Lopo de Pina, não esperou um só dia para ir ocupando as minhas terras, apossando-se das ferramentas, do armazém, dos botes e do trapiche, e só não tomou meus sapatos porque não os tinha. No dia anterior à partida, andando pela aldeia, encontrei-o quando saía da oca de Pero Capico.

"Então, meu Bacharel, já preparaste tua mudança?"

"Parto amanhã."

"Muda essa cara, homem! Tu és um bem-aventurado! Vais para um lugar fermoso, aprazível. Que pode ser melhor do que isso?"

"Continuar aqui."

"Não sejas mal-agradecido a Deus."

"Quisera Deus que eu tivesse tanto a agradecer como tu."

"Nada! Não sabes como te invejo! A vida retirada é a vida feliz. Eu fico doido só de pensar no trabalho que vou ter com aquele porto."

"Vais é colher o que não semeaste."

"Será que vi um grão de despeito em tua voz?"

"Despeito não. Talvez um bocado de ódio."

"Ah, meu Bacharel, estás triste porque a mim foram deixadas tuas terras. Mas assim é que são as coisas, quem não come é comido. Foi isso que se deu aqui, era eu ou tu."

"Não perdes por esperar."

"Não espero perder."

"A vida dá voltas, Lopo de Pina."

"Mas volta sempre ao mesmo lugar."

"Permite pelo menos que eu dê uma derradeira olhadela ao Paraíso?"

"Quando quiser, mas o nome é São Vicente, meu Bacharel. São Vicente."

Nessa hora, senhor, Pero Capico saiu da oca acompanhado de duas gentias. Chegando perto de nós, fez votos que eu tivesse uma boa marcha e determinou que lhe escrevesse uma relação a cada mês, dando conta do crescimento do povoado e dos negócios. Depois virou-se para Lopo de Pina, deu-lhe um tapa no ombro e disse:

"E tu vais para o teu porto, mas, olha lá, não te esqueças da minha terça parte!"

Em que Há uma Comparação Entre Minha Pessoa e a de Moisés

Começamos nossa viagem para o sul numa manhã quente e caminhamos doze dias até chegarmos numa praia que dava para uma ilha muito longa e comprida. Tinha essa nossa procissão pouco mais de cem almas numeradas, juntando a minha família, a gente de Jácome Roiz, nossos escravos, o soldado Francisco de Chaves e uns gentios tupiniquins que nos quiseram seguir. Trazíamos todos os nossos objetos, três arcabuzes e aquele baú com o desenho de uma cruz latina, chamado Divina Providência, que depois de tantos anos de comércio já estava bem cheio de moedas.

Achamos por bem montar a aldeia por ali, porque um pouco à frente desse sítio havia uma penha de onde se podia ver, num meio giro de cabeça, até uma légua dentro dos matos, e também porque os gentios que vieram conosco, examinando restos de estrume, descobriram que os carijós haviam-se mudado dali há poucos dias. Isso nos deu muita alegria, porque era sinal que não voltariam àquele lugar tão cedo, e, embora houvesse pouca caça, era melhor ter fome do que ser morto.

E tendo nós erguido as ocas, minha primeira ordem foi que fizessem um buraco de dois côvados na entrada principal da aldeia, cobrindo-o com um manto bem amarrado de galhos e folhas. Era isto não só para emboscar alguma anta distraída, mas também para atrapalhar os movimentos dos contrários caso quisessem nos atacar.

Acabada aquela peregrinação, não pude deixar de lembrar-me das páginas do Êxodo e considerei quão infelizes haviam sido Moisés e todo o povo hebreu, pois percorremos uma distância semelhante, eu e minha gente em doze dias e eles em quarenta anos. Disto tirei que essa agulha imantada que chamam bússola é mesmo uma extraordinária invenção e com ela ganhamos uma ligeireza desconhecida dos tempos antigos. Estava a pensar nessas coisas quando Francisco de Chaves perguntou-me que nome daríamos àquele povoado. Eu, sem vacilar, disse: “Cananéia, porque essa é a nossa Canaã.”

De como um Grande Azar Tornou-se uma Grandíssima Sorte

Diz-se que Deus escreve certo por linhas tortas, e, depois de uns meses que estávamos ali, tivemos prova acabada disso, porque nos sobreveio uma terrível aflição que depois nos trouxe muita alegria e contentamento.

Aconteceu que os carijós nos atacaram de surpresa. Não eram menos que cem homens e nós não mais que cinqüenta. Porém, como a sentinela nos avisou a tempo, pudemos armar a defesa em “D” do *Alphabetum Bellicum*, posicionando uma coluna reta de dez guerreiros na frente e um arco de infantaria com uns trinta e cinco homens atrás. Eu, Jácome Roiz e Francisco de Chaves ficamos com os arcabuzes e, como tínhamos grande cópia de munição, subimos numas árvores e os ficamos a esperar.

Quando os carijós deram vista da coluna que era a trave do nosso "D", arremeteram com toda a ligeireza e assim caíram de punhado no buraco das antas, assustando bastante os que vinham atrás. E foi que, estando parados, começamos a atirar com os arcabuzes, matando mais de dez deles antes que pudessem chegar aos nossos primeiros homens.

Correu a coisa de modo que, quando começou a batalha, os carijós estavam confusos e, mesmo sendo mais, não conseguiam vantagem contra os nossos. Disso nos aproveitamos e atiramos como doidos, fazendo perecer mais de vinte contrários. No final, avançamos para os cercar e ainda prendemos doze deles, sem contar treze que haviam caído no buraco.

Como éramos poucos e os carijós muitos, pedi a Jácome Roiz o preparo de um elixir que os deixasse dormentes, no que saiu-se muito a contento porque, apesar de estar alienado, ainda lembrava-se da sua arte. Para me certificar de que não fugiriam, meti-os todos bem amarrados no buraco e pus a vigiá-los Francisco de Chaves, que sabia atirar bem com o arcabuz. Mandei também uma carta a Pero Capico pedindo que não se demorasse mais e enviasse os homens e armas que me havia prometido, mas ele não deu resposta.

Isto passado pudemos comprovar que, se Deus escreve com torta caligrafia, ao menos faz boa literatura, pois uma semana depois avistamos uma armada de seis naus castelhanas entrando pela barra. Era tal a nossa alegria de poder falar com alguém que demos muitos tiros e fizemos sinal com os espelhos para que nos vissem. Os marinheiros desceram e ficaram um pedaço conosco, levando de bom grado água, lenha, caça e os vinte e cinco carijós, dando-nos em troca pólvora e vinte arcabuzes, porque naquela altura não nos interessavam tesouras e colares.

O comandante da nau era um certo Gonzalo Valdivia. Ele nos disse que havia passado pelo Paraíso e procurado por mim, mas Lopo de Pina, que não tinha escravos para vender, lhe havia dado informação de que o Bacharel fora comido pelos maromomis.

Isto de matarem-me com a língua deixou-me muito irado e decidi fazer-lhes frente, não numa guerra, porque não tinha soldados e nem armas o bastante, mas no comércio, onde poderia, com novas artes, voltar a atrair navegantes de todas as nações que metem embarcações no oceano.

A primeira coisa que fiz foi tratar Gonzalo Valdivia como se fosse o rei de Ormuz. Dei-lhe papagaios, mandei colher para ele os melhores frutos da terra, tratei dos doentes e ordenei que meus homens fossem ajudar seus marinheiros a consertar uma vela. Quando partiu, o capitão quis por todos os modos saber se eu queria alguma coisa em troca de tantos favores e eu lhe disse que somente falasse bem de Cananéia por onde passasse, para que viessem outras embarcações e eu pudesse retomar meu honesto trabalho como antes.

Que Revela um Segredo do Comércio

Empenhei-me então noite e dia para aprontar Cananéia e em um mês já tinha um portilho, uma casa de ferramentas e um pequeno trapiche. Além disso, voltamos às guerras para prender novos escravos, o que já não nos era tão difícil, porque agora não nos faltavam arcabuzes.

Porém, senhor conde, o que fiz de mais importante para ressuscitar o meu porto não foi nenhuma reforma ou construção, mas inventar uns presentes e umas prendas para atiçar o apetite dos mercadores, porque se há um segredo no comércio é saber fazer com que o comprador pense que está tendo vantagens e recebendo mais do que aquilo pelo que pagou. Eis como fazia:

* levando três tapuias o comprador ganhava três arcos e doze flechas;

* por cinco tupinambás ganhava um macaco;

* por dois pariris, quatro medidas de cauim;

* por dois guaranis, um papagaio verde desses que imitam o que falamos;

* por cinqüenta troncos de brasil, uma criança guarani;

* e por três maromomis, uma anta assada no moquém.

O mais estimado prêmio, porém, era para quem levasse mais de vinte escravos, pois com isso ganhava uma carijó de catorze anos para seus serviços de quarto. A fama dessas prendas logo se espalhou e num par de anos poucas naus procuravam o porto de São Vicente e todas vinham para Cananéia.

Sexto Mandamento
Para Bem Viver na Terra dos Papagaios

Naquela terra as barganhas fazem muito sucesso
e não há quem resista a um pequeno regalo.
Por isso, é preciso dar sempre um afago aos que
podem comprar, pois entre dois mercadores,
naquela terra não se escolhe o mais honesto,
mas o que oferece mais mimos.

De um Parto

Foram aqueles tempos de muitos ganhos, senhor, mas como Deus vela para que não nos tornemos soberbos, tive também uma perda: minha filha Mbiracê. Não que tivesse morrido ou desaparecido pelos matos, mas é que naqueles dias, com maneiras muito acanhadas, Francisco de Chaves disse que seu coração ardia por ela e que queria, conforme o costume cristão, minha permissão para que a pudesse desposar.

A princípio pensei em dizer-lhe um tremendíssimo não, mas, para lhe dar uma chance e não parecer intolerante, perguntei-lhe quais eram seus sentimentos para com Mbiracê, pois não podia deixá-la casar com alguém que não a amasse de todo.

Francisco de Chaves deu então uma resposta que me surpreendeu e, mais que isso, fez mudar o meu não em sim. Foi ela a seguinte:

"Senhor Bacharel, a quem muito respeito e admiro, tenho por mim que o homem não sente apenas com o coração, mas que com todas as suas partes. Sei que tal idéia pode parecer sandice, mas para mim a verdade é que o estômago apaixona-se pelas mulheres que cozinham bem, os ouvidos pelas que têm bela voz, os olhos pelas bem formadas, o nariz pelas que cheiram como flores, as mãos pelas que têm pele macia e o cano por aquelas que são bem dispostas. Destas minhas partes, senhor Bacharel, todas, menos uma, amam Mbiracê, e mesmo esta parte ainda não foi cativada tão-somente porque sou submisso aos bons modos, mas, se Deus e o senhor derem a mim a graça de casar com ela, a amarei toda e por inteiro."

Essas boas palavras quebraram minha resistência. Porém, creia-me, mesmo o pedido sendo feito em modos tão educados e humildes, muito me custou dizer sim a Francisco de Chaves. A verdade é que tinha ciúmes da menina, porque havia sido minha primeira filha e se parecia comigo em temperamento e maneiras. Também digo que era limpa, sabia escrever e jamais comera carne humana, podendo passar por senhora mais refinada que muitas da Europa.

Casaram-se um mês depois sem nenhum padre, mas com um documento civil que mandei escrever. Continuaram a viver conosco e isto tornou minha dor mais suportável. Tal é a vida, senhor, e assim como as frutas amadurecem, crescem e acabam por cair dos galhos, também as filhas, mesmo que não queiramos, maduram e abandonam nossos ramos, e a nós pais só resta ter paciência e resignação.

Um dia, porém, quando pensava que todas as dores tinham-se acabado, Mbiracê disse-me que queria conhecer o mundo e pediu-me que a enviasse com Francisco de Chaves à Europa. Eu, como tinha por ela tão grande amor que era mais escravo que pai, não lhe pude dizer não e jurei que, quando passasse a primeira nau a caminho da Europa, ela seria passageira.

Depois dessa promessa passei a nem mais olhar na direção do oceano, pois não queria jamais divisar outra embarcação, preferindo ficar sem comércio que sem minha filha Mbiracê.

Mas um dia chegou em Cananéia uma outra nau castelhana, comandada por Sebastian Lorenzo, que voltava de Malaca e vinha em busca de água, comida, madeira e escravos.

Forneci-lhe todas as mercadorias e, quando estava prestes a partir com sua encomenda, pedi que levasse Mbiracê e meu genro Francisco de Chaves a salvo até San Lucar de Barrameda, de onde passariam a Lisboa. Ele, como gentil-homem que era, prontamente se dispôs a fazer minha vontade, desde que lhe desse um tamanduá, pois não se cansava de rir quando via aquele monstro.

Numa manhã de janeiro que, apesar do sol, era para mim cinzenta e chuvosa, partiu minha Mbiracê para fazer o caminho contrário ao que eu tinha feito tantos anos antes. Uma lágrima correu dos meus olhos e Terebê, vendo minha tristeza, catou-me piolhos para me deixar alegre.

Em que Há Muitos Nomes

E já que tanto contei de Mbiracê, é justo que fale também de minhas outras filhas. Para isso vou seguir um conselho de Santo Ernulfo, que diz em seu livro *Litteratura grammatica* que as melhores escrituras são aquelas que usam muitos substantivos e poucos adjetivos, pois estes costumam ser falsos e exagerados, enquanto aqueles são sempre verdadeiros e precisos.

Diz-nos o sábio dos sábios que se alguém afirma que "Calpúrnia é uma bela mulher", todos concordarão que Calpúrnia é uma mulher, mas nem todos consentirão que é bela, pois os adjetivos são sujeitos à variedade dos gostos e das opiniões, e certamente haverá quem ache Calpúrnia feia como um grifo. Por isso diz Ernulfo que as melhores escrituras são as listas, que, por só terem nomes e substantivos, são mais verdadeiras que os poemas e mais sinceras que as novelas.

Digo isto para explicar-vos o porquê de tantas listas nestas páginas e para desculpar-me de mais esta, que nada mais é que minha genealogia, a mais verdadeira e real das literaturas, apesar de seus muitos personagens. Ei-la:

De meu casamento com Terebê nasceram

Mbiracê, que casou com Francisco de Chaves, como vos contei;

Sarapopeba, que casou com Piraquê, filho de Piquerobi;
Nhengatã, que casou com Pitubara, filho de Tibiriçá;
e Jababa, que fugiu com um escravo carijó.

De Tembeté nasceram

Poimeté, que era muito magra e ninguém a queria;
Quiraeté, que era gordíssima e foi comida pelos tapuias.

De Pirapanema nasceu

Porangaba, que era tão bela que foi disputada por nove guerreiros. Para que não lutassem entre si, prometi que a daria ao que me trouxesse mais escravos. Venceu Guayaog, que por amor dela prendeu sete maromomis.

De Curubi nasceu

Mbaepoxi, esperta mas feia como uma preguiça e que, não sei se por um motivo ou por outro, está solteira até hoje.

De Poropotara nasceram

Jebabora, que casou com um padre castelhano;
Suguaragy, que teve sete filhos de sete pais diferentes.

De Camacê nasceram as gêmeas

Nungara, que, por não acreditarem os gentios que devam existir duas pessoas iguais, foi enterrada assim que nasceu;

e Nungarana, que casou com um caolho.

De Apiraba nasceu

Jibaçu, que morreu de resfriado.

De Sapucaia nasceu

Possanga, que casou com Pindoba, o gentio mais disputado de Cananéia.

De Iracema nasceram

Moema e Juraraguaia, que não se pareciam em nada comigo, mas com Piquerobi.

De Issaúba nasceram

Issirunga, que teve doze filhos;

Moatira, que teve quinze;

e Popiatã, que não teve nenhum por gostar mais de mulheres.

De Pucaguassu nasceu

Tessaeima, que era cega e se casou com um giboso.

E de Teicuaraci não nasceu ninguém, pois só gostava de se acostar comigo ao modo de Gil Fragoso.

Que não Conta Nada

E assim foi o tempo passando e nada de importante aconteceu. Continuava Pero Capico assinando seus papéis em São Vicente e nós recebendo os navegantes que, antes de se meterem no caminho do rio de Solís ou das Índias, paravam em Cananéia para consertarem suas naus e se proverem de mantimentos. Também construí um estaleiro, que era uma oca mais comprida que as dos gentios, onde trabalhava no fabrico de pequenos botes e cadeiras, mesas e outras fazendas de marcenaria. Era tal o bom sucesso do porto que Cananéia já era então cinco vezes maior, pois muitos gentios, ao terem notícia do nosso estado, mudavam-se de São Vicente para lá. Meu viver foi-se tornando como o de antes e era eu ainda mais poderoso, sendo conhecido nos portos da Europa como o Bacharel de Cananéia. De Lopo de Pina não posso dizer muito, a não ser que depois de ver que seu porto só era freqüentado por sardinhas, deu por perdida nossa guerra de comércio e passava todo o tempo na rede a comer farinha.

Como vos disse, este capítulo não conta nada.

De uma Grandíssima Encomenda

Dois dias antes do Natal daquele ano, aportaram em Cananéia oito naus castelhanas conduzidas por um Diogo Garcia de Moguer, que ia para as terras do sul. A ele vendi um bergantim novo e em muito bom estado. Mostrei também os prisioneiros que tínhamos e levou trinta deles consigo.

Ficou uma semana por ali e acertei com ele de, nos primeiros dias de abril, vender mais oitocentos cativos que seriam levados para Castela. Esta foi, senhor, a maior encomenda de toda a minha vida e considerei-me um abençoado. Pode ser que algum jesuíta condene o orgulho que tenho do meu ofício, por julgar que mais vale ser pastor de almas que mercador de escravos. Porém, tenho-me persuadido que nenhuma diferença isso faz e que neste mundo todos os homens são comerciantes, só variando naquilo que mercadejam, pois se as doceiras vendem rosquinhas e os merceiros, bacalhaus, os advogados vendem direitos; os físicos, saúde; as mulheres, pecados; e os religiosos, perdão.

Em que Há um Bilhete e Dois Soldados

Como para dar conta da encomenda de Diogo Garcia teria que fazer mil guerras, escrevi a Pero Capico lembrando-o, pela quinta ou sexta vez, da promessa que me fizera, porque com os reforços e os canhões poderíamos lutar melhor.

E o que aconteceu, senhor, é coisa de se admirar, porque passada uma semana chegaram a Cananéia dois gentios vindos de São Vicente, sendo que um deles era coxo e o outro tinha mais de setenta anos. O mais velho, tremendo, entregou-me um bilhete que dizia assim:

Meu Bacharel,
é enorme a saudade que sinto de ti.

Deixa-me dizer-te: Pero Capico não é mais capitão em São Vicente. Partiu há um mês e deu-me a incumbência de governar o povoado até que venha um substituto. Sei que entre amigos não se falam tais coisas, mas o fato é que deves-me obediência.

Agora, umas novidades: Piquerobi mudou-se para o campo, nas terras de Ururaí, junto da aldeia de João Ramalho; Antonio Rodrigues deixou a monogamia e tem agora sete esposas; de Simão Caçapo não sei nada.

Quanto aos canhões, parte-me o coração, mas não poderei mandá-los. De tempo em tempo os tupinambás vêm para nos jantar e uma peça de menos pode pôr tudo a perder. Dos reforços, digo que temos passado grandes aflições com os mosquitos e preciso de homens para me abanar.

Deus te dê força e sabedoria.

Um apertado abraço do teu amigo,
Lopo de Pina

Post Scriptum: Para provar que não guardo rancor das tuas duras palavras de despedida, mando-te, por hora, as forças de que posso dispor, que são esses dois valentes e ligeiros homens.

Que Mostra a Melhor Utilidade que as Letras Podem Ter

Com os reforços negados, coisa que eu já esperava, comecei a me preparar para as batalhas que viriam. Ajuntei duzentos guerreiros, arrumei as armas, fiz de Jácome Roiz meu imediato — porque ele podia ser louco mas não era estúpido — e encomendei-me a Deus.

Como podeis imaginar, os meses que se seguiram foram uma sucessão de batalhas e mortes, e tanto sangue correu que por pouco não tingimos de vermelho toda a Terra dos Papagaios. Fizemos muitas incursões ao sertão e, para que juntássemos o mais depressa possível os oitocentos escravos, tive que recorrer a todas as táticas do *Alphabetum Bellicum*, que sempre deixavam os inimigos muitíssimo espantados. Mesmo hoje, quando a memória já me falha, lembro-me de algumas das estratégias que tantas vitórias nos deram:

* a formação em "A", que usamos em nosso primeiro ataque nessas terras e que já vos expliquei umas tantas folhas atrás;

* aquela em "H", quando atraímos os inimigos para o centro e depois fechamos sobre eles as duas fileiras laterais;

* em "B", que começava como um "E" para atrair o inimigo e depois se fechava para os engolir;

* a em "C", que empurra o inimigo contra penhascos;

* a formação em "V", que é muito segura para o comandante, que fica no canto de baixo da letra, longe do furor da batalha;

* a em "W", que é um duplo "V", que comecei a usar para que Jácome Roiz também ficasse num vértice seguro;

* a formação em "O", que cerca os inimigos;

* e a formação em "X", que consiste em formar quatro pelotões para atacar um pequeno grupo.

Porém, às vezes não éramos bem-sucedidos e aí tínhamos que usar algumas das táticas de fuga, como a formação em "I", quando bastava correr em linha reta; em "Y", que dividia o grupo em duas partes para confundir os inimigos; em "Z", quando tínhamos que escapar das flechas; e em "S" quando havia árvores no caminho.

Felizmente, o Senhor Deus dos Exércitos viu com bons olhos os nossos esforços e os recompensou com largueza, pois duas semanas antes do tempo aprazado já tínhamos os oitocentos cativos em nosso poder.

Onde se Lê um Pequeno Bilhete que Teve Grandes Conseqüências

Como consegui tantas vitórias apenas com a minha gente, não contive o ímpeto de escarnecer de Lopo de Pina. Mandei-lhe então um bilhete e este era assim:

Meu Lopo:

Mesmo sem os canhões e braços de São Vicente, consegui grandes vitórias sobre carijós e tapuias, no que pude juntar os oito-

centos cativos de que te falei. Podes imaginar as riquezas que juntarei com isto? Serão tantas as moedas que logo precisarei de um segundo baú.

Como prova de minha admiração por ti, quero que venhas como convidado especial para uma grande celebração que faremos nos primeiros dias de abril. Agora que és o comandante destas terras, precisas conhecer este rincão de virtude e prosperidade ao qual dei o nome de Cananéia.

Um apertadíssimo abraço do teu amigo,
Cosme Fernandes, o Bacharel de Cananéia

De um Grande Arrependimento

Passada uma semana, recebi duas visitas: uma muito esperada, a outra mais que imprevista. A primeira foi Diogo Garcia de Moguer, que chegou uns dias antes de abril. Ficou muito contente ao ver os escravos e, depois de pagar-me, disse que descansaria uma semana em Cananéia antes de partir.

A segunda visita foi a do próprio Lopo de Pina. Como só o havia convidado por caçoada e nem mesmo haveria celebração nenhuma, meus olhos quase dobraram de tamanho quando dei vista dele. Naquela hora, o sangue ferveu-me dentro das veias e tive ganas de o estrangular, mas consegui fingir modos e disse:

"Então, senhor capitão Lopo de Pina, seja bem-vindo a Cananéia."

"Não sou mais capitão. Chegou um outro de Portugal", respondeu ele com cara raivada.

"Assim é o mundo: cheio de ladrões. Sempre vem outro a roubar aquilo que construímos."

"Tens razão, mas foi melhor. Estou enfastiado deste lugar. O calor é o do inferno, esta umidade lembra os pântanos pestíferos, os mosquitos são mais que as estrelas. Isto não é vida, meu Bacharel. Quer saber? Dava tudo que tenho para regressar a Portugal."

"Por que não vais a nado?"

"Sei que tens ódio de mim, mas jamais quis te prejudicar."

"Judas deve ter falado palavras muito semelhantes."

"Por que ser como Esaú e Jacó se podemos ser como Davi e Jônatas?"

"Acho que parecemos mais com Abel e Caim."

Lopo de Pina então baixou a cabeça e mudou o rumo da conversa. Primeiro elogiou-me, notando que eu estava com um ar de moço e os cabelos ainda bem pretos, depois entrou a gabar a aldeia, dizendo que era dez vezes mais bonita do que São Vicente, e por fim disse que eu é que devia ser capitão da terra, porque sabia governar com sabedoria e austeridade.

Estávamos no meio desse justo elogio quando começou o movimento dos oitocentos escravos que iam sendo levados para as naus de Diogo Garcia, e ele, curioso, perguntou quando partiam, para onde iam e muitas outras coisas. Depois, olhando-me nos olhos, disse:

"Meu Bacharel, eu vim para que façamos as pazes, pois somos irmãos de destino. É verdade que tivemos nossas diferenças, mas não é mentira que rimos e sofremos juntos muitas vezes. Lembra de quando nos conhecemos na cadeia?"

Eu nada respondi, senhor, e tentei permanecer duro como uma penha. Já sabeis, porém, que sou de natural bastante fraco para as emoções e, quando me vêm essas lembranças, é difícil que meus olhos não me traiam e comecem a ficar úmidos. Ele, que bem me conhecia, aproveitou disto e continuou:

"Amigo, não acredito que esqueceste que atravessamos o mar e que dividimos uma perna de galinha na primeira noite que passamos nesta Terra dos Papagaios."

As lágrimas estavam a ponto de transbordar dos meus olhos e eu mal podia me conter. Ele, por sua vez, continuava:

"Lembras daquela primeira batalha, quando lutamos com os ombros colados?, e das caçadas que fizemos?, e das cauinadas em que vomitávamos um no outro?"

Tudo isso, senhor, foi fazendo com que eu me agitasse, e só o que eu fazia era responder com a voz meio dissonante: "Eu me lembro... eu me lembro..."

E então ele disse: "E mais que tudo, meu querido Bacharel, lembras-te que fui eu quem te batizou com esse apelido?"

Quando ouvi isso, veio-me à mente aquele dia a bordo da nau, quando Lopo de Pina fazia tantas graças que ríamos como se fôssemos homens felizes e não pobres degredados, e então rompi num pranto copioso e desatinado. Ele também desatou a chorar e disse entre soluços:

"Vamos esquecer de todas essas disputas. Queres o Porto de São Vicente? É teu. Vamos ao capitão-mor e assinemos os papéis. Não quero dinheiro, quero tua amizade."

Ouvindo tamanha demonstração de boa-fé chorei ainda mais, pois bateu-me um grande arrependimento por tê-lo julgado mal, sentindo-me o mais cruel e injusto dos homens. Eu lhe disse então que nada queria dele, a não ser sua eterna amizade, e que trataríamos daquele negócio do porto depois. Então alimpei os olhos e abracei-o com toda a minha força, quase quebrando seus ossos, mas não por ódio e sim por afeição.

E assim passamos a noite a beber e relembrar os velhos tempos.

De um Arrependimento Ainda Maior

Na manhã seguinte, antes do nascer do sol, zarpou Diogo Garcia. Dele me despedi com tristeza, pois não há melhor amigo para um comerciante que um bom comprador. Fui então acordar Lopo de Pina para andarmos pela praia mas não o encontrei. Depois de muito procurar vi que não somente ele havia desaparecido, mas também um bote e aquele baú, dito Divina Providência, onde guardava o ouro e as moedas com que nos haviam pagado os navegadores naqueles anos todos. Como posso ser tolo, mas não chego a asno, deduzi que, quando dormia a aldeia, Lopo de Pina pegou o baú, tomou de um bote e embarcou sorrateiramente na nau de Diogo Garcia, a quem deve ter dado umas moedas para que o levasse de volta à Europa.

E então, em menos de doze horas, senti um segundo grande arrependimento em relação a Lopo de Pina, mas desta vez foi o de não ter torcido seu pescoço quando estava tão perto de minhas mãos.

Sétimo Mandamento
Para Bem Viver na Terra dos Papagaios

Naquele pedaço do mundo, senhor conde, não se deve confiar em ninguém, pois se no sábado nos juram eterna fidelidade, no domingo nos enfiam uma espada pela garganta. A verdade é que lá tudo se rege pela conveniência e, sendo preciso, troca-se de bandeira como as mulheres trocam de panos em dias de regra.

De um Correio que Recebi

Nos nove meses que se passaram desde a fuga de Lopo de Pina, rezava todas as manhãs pedindo a Deus que lhe mandasse a lepra. Soube que não fui atendido quando aportou em Cananéia uma nau que buscava brasis, cocos e cativos, e lhe vendemos muito das três mercadorias. Ficou dois dias no porto e, quando estava de partida, desceu um bote trazendo um escrivão mais bebarro que Noé depois do dilúvio.

Veio até o estaleiro e quis saber de mim quantos meses demorariam até que chegassem a Cananéia, porque bem sabia que estavam nas Ilhas Canárias e não queria de modo nenhum perder umas cartas que lhe dera um português chamado Francisco de Chaves para que as entregasse ao famoso Bacharel, senhor da Terra dos Papagaios, que trocava gentios por tesouras.

Perguntei onde estavam as ditas cartas e ele respondeu-me que na bolsa que trazia ao ombro, mas que só as veria quem arrancasse a sua vida. Disse-lhe que era eu o Bacharel, mas ele em mim não acreditou. Convidei-o então para beber um gole de cauim, e, fazendo-o andar à minha frente, peguei dum pau e o arrebentei na sua cabeça para que pudesse ler o que me havia escrito Francisco de Chaves. Para minha surpresa, havia também uma carta de Mbiracê.

Que Tem a Carta de Mbiracê

Meu amado pai,

Hoje faz muito sol que aqui é aí. Meu marido está em frente de mim escrevendo também uma carta para o senhor porque há novidades e ele as vai contar. Vou achando tudo aqui muito curioso mas não acerto com isso de comer com garfos. Quando chegamos ri muito de ver tanta gente de cara barbada mas o que mais me espantou foram homens e mulheres que são cobertos de uma tintura preta e estes servem os que têm a cara pálida e todos andam sempre com roupa mesmo quando há calor e isso me parece muito muito tolo. Os homens daqui têm apenas uma esposa e desconfio que fazem assim porque são fracos e não conseguiriam agradar a duas mulheres. São muito bonitos de se ver uns veados sem chifres que há por cá e nos quais os homens vão montados. Seu nome é cavalos e têm de diferente dos nossos veados rabos mais compridos e um cabelo repartido que cai pelo pescoço a que chamam crinas. Animais também engraçados são uns que chamam touros que são grandes como duas antas juntas e têm cornos em forma de meia-lua e às vezes os naturais os soltam em caminhos estreitos e põem-se a correr na frente deles e isto me parece pouco pouco inteligente pois se têm medo deles não os deviam soltar. Há algumas ocas muito muito grandes e mais fortes que as nossas e há outras pequenas onde moram muitos e quando Tupã manda chuva de trovões elas se desmancham. Aqui há poucas poucas árvores e acho que é por isso que levam tantos arabutãs de nossa terra. Já gente há muita como se fosse dez ou mais de nossas tabas. O cheiro desse lugar é tão ruim quanto o do naritataca e há umas mulheres que ficam num lugar chamado Ribeira e recebem moedas para se deitarem com os homens e isto deve ser muito bom porque va-

riam o marido e ainda ganham por isso. Perguntei a Francisco se poderia ficar com elas e ele gritou-me e disse que nunca mais lhe pedisse uma coisa dessas mas não entendi por quê.

Tenho mais para contar, mas faço isso outro dia. Minha barriga dói de tanta vontade de ver minha mãe e Sarapopeba e Nhengatã e Jababa.

Da sua filha preferida,
Mbiracê

Que Tem a Carta de Francisco de Chaves

Senhor meu sogro,

Nossa viagem foi calma e tranqüila, a não ser por uma chuva ou outra, o que não nos meteu medo ou pavor.

Chegamos na Páscoa e com as moedas que trouxe logo pude abrir uma sapataria. Para evitar problemas, disse a todos que me chamava Pascoal Soares e que Mbiracê é uma escrava que trouxe das Índias. O que ganho dá para o sustento e não passamos fome nem frio.

Contudo, o que quero mesmo lhe dizer é que descobri coisas muito de se lamentar, e esta carta é o aviso que pode tornar o desastre menor, porque mais vale o mal sabido do que o ignorado, embora haja quem diga o contrário e seja tido por sábio. Quem a leva é um escrivão que se chama Avendano, homem sisudo que conheci em Salamanca. Disse-lhe que ganharia algumas moedas se a entregasse e, se o senhor o tem à frente, seja generoso e gentil.

Mas eis o que aconteceu:

Por estes dias vi Lopo de Pina a beber numa taverna, vestido em trajes suntuosos e acompanhado de um séquito de cativos carijós que muita impressão causava. Temendo ser reconhecido, escondi-me. Porém, como estivesse curioso, esperei que partisse e fui até o taverneiro perguntar quem era aquele homem que acabava de sair.

Dei-lhe uma moeda e ele disse-me que tudo o que sabia era que gostava de vinho verde. Dei-lhe mais uma e o taverneiro lem-

brou-se que o tal homem se chamava Lopo de Pina e havia se casado com uma viúva rica de Ourique. Decidi então dar-lhe as dez moedas que trazia na bolsa. Dessa feita sua memória funcionou melhor e ele falou-me o seguinte:

"Como todos sabem, meu generoso senhor, D. Manuel morreu e D. João III subiu ao trono, sendo logo cercado por cobiçosos conselheiros. Um deles é esse Lopo de Pina, que chegou aqui com muito dinheiro, dizendo-se ajudado pela divina providência, e tornou-se grande comerciante de especiarias. Assim passou a freqüentar a corte e não demorou muito era conselheiro de Sua Majestade.

"E foi que, usando de palavras sedutoras, convenceu Sua Majestade de que era preciso pôr ordem nos negócios do Brasil. Disse ele que naquela parte do reino cada um faz o que bem quer, e que, principalmente num lugar chamado Cananéia, não há quem se sujeite às ordens portuguesas, porque todos obedecem a um tal Bacharel, judeu que, como todos os da sua raça, não tem pátria e só tem por deus o dinheiro, e assim deixam entrar por aquele porto castelhanos, franceses, flandrinos e ingleses, que vão tomando conta daquelas terras e gentes.

"Ao ouvir estas coisas, determinou o soberano que se preparasse uma poderosíssima armada que deve partir para logo, tendo como seu capitão um certo Martim Afonso de Souza. Nela também seguirá Lopo de Pina e parece que vai agraciado com terras e títulos. Além disso, posso dizer-te apenas que seu prato favorito são os chouriços e que os prefere bem apimentados."

Isto, meu sogro, é tudo quanto pude saber. Recomendo-vos discernimento e serenidade, porque parece que vão determinados a pôr fim ao comércio dos cativos e pode ser que vos queiram meter em ferrolhos, pois o que se diz por aqui é que sois mais poderoso que os emissários do rei e querem pôr cobro nisso.

Lamento não ter melhores novas para vos enviar. Mandai lembranças à senhora Terebê e dizei a todos que sentimos muita falta dos amigos e dos cocos.

Seu humilde genro,
Francisco de Chaves,
agora também Pascoal Soares

De como o Sofrimento Alheio nos Alheia do Nosso

Quando terminei de ler esta carta, senhor conde, estava muito irado e teve um cão o azar de passar pela minha frente justo naquele instante, com o que dei-lhe um tão estupendo chute que o atirei a cinco passos de mim. Tanto alívio e paz me trouxe aquele gesto que me acalmei e mandei tratarem o escrivão da pancada que lhe havia dado, porque ainda jazia debaixo dos meus pés.

Depois fiz um afago no cão, que adotei e batizei de Jó, porque ele também recebera chutes do Senhor sem que tivesse cometido erro ou pecado.

Que Conta a Vida de Santo Ernulfo e a Origem do Dogma da Trindade

Caro conde, ao falar-vos de Jó, lembrei-me de Deus; lembrando do Pai, não poderia esquecer o Filho e, como os dois nunca andam desacompanhados do Espírito Santo, cheguei à Trindade. Diante dela, não poderia deixar de vos falar daquele que a revelou ao mundo, e que não foi outro que não Santo Ernulfo, tão citado nestes papéis, e que, como eu, também foi traído pelos que julgava amigos.

Caso o senhor não tenha sido devoto o suficiente para vencer as duas mil e trezentas páginas de *História da vida dos santos para recreio d'alma e aperfeiçoamento da moral*, não saberá que ele nasceu em Nicomédia, no ano 272 da nossa era cristã, e que seu melhor amigo era um certo Atanásio. Os dois serviam nas legiões da Trácia quando ouviram a pregação do Evangelho, feita por um neto do apóstolo Paulo. Nessa hora rompeu uma grande luz no céu e eles decidiram largar as armas para abraçar a fé. Atanásio fez-se padre. Ernulfo tornou-se ermitão e foi morar numa caverna, onde viveu trinta anos e escreveu sua vastíssima obra.

Acreditando que a vida reclusa traz a santidade, o povo começou a fazer filas à frente de sua gruta e logo vieram os milagres: cegos passaram a ver, surdos a escutar, paralíticos a andar e tamanho era seu poder que contam-se até casos de mulheres casadas com anciãos que ficaram pejadas.

Sendo desprendido de cobiça, não pedia moedas por suas curas, mas aceitava oferendas em alimento, com o que orava: "Senhor, aumentai a minha fé como vem aumentando a minha barriga." Deus fez sua vontade e foi a coisa a tanto que não mais pôde sair de sua caverna, o que só aconteceu depois que os fiéis alargaram a saída.

Começou então Ernulfo a pregar pelos campos e suas missas atraíam muita gente. Alguns diziam que os fiéis não iam atrás das pregações, mas da hóstia que ele distribuía e fazia com as próprias mãos. Eram elas na verdade uns pães que podiam ser de três sabores, todos muito bons. Sua fama cresceu tanto quanto a inveja que lhe tinham, e assim, quando houve o Concílio de Nicéia, em 325, ele foi chamado para explicar o porquê de sua hóstia tríplice.

Ernulfo então subiu à tribuna e disse que fazia seus três pães porque Deus não era um único e uno ser, mas dividia-se em "Pai", "Filho" e "Espírito Santo", e que essas três pessoas partilham da mesma substância. Para dar o exemplo, distribuiu os seus três pães de sabores diferentes: o de alho, o de arenque e o de toucinho. Mostrou assim que do mesmo trigo saíam três pães iguais e diferentes, como iguais e diferentes são as partes da Trindade.

Os cardeais gostaram tanto dos pães quanto da tese, e o concílio adotou a explicação como dogma de fé. Porém Atanásio, que a essa altura já era bispo, enciumou-se de seu sucesso. Disse que Ernulfo só usava os pães para atrair o populacho, e conseguiu que o papa o proibisse de rezar missa com a hóstia tríplice, pois não ficava bem o corpo de Cristo feder a alho, arenque ou toucinho.

Depois do Concílio, Ernulfo voltou a Nicomédia e recomeçou a pregar, mas usando apenas a hóstia tradicional, sem odor ou gosto. Então, não se sabe por quê, os fiéis o foram abandonando e assim ele deixou de receber oferendas, emagrecendo muito e acabando por morrer de fome nos dias de Juliano. Dizem que nos derradeiros instantes estava tão magro e com a pele tão diáfana que se se colocasse uma vela por detrás dele, podiam-se ver os seus ossos.

E por seus milagres e sua morte pia e martirizante, o papa Inocêncio III canonizou o homem que provou a Trindade e desde então é chamado de Santo Ernulfo.

De como as Palavras de Francisco de Chaves Tornaram-se Fatos

No dia 12 de agosto daquele ano de 31 acordei com um grande burburinho. Levantei-me da rede, pus minha roupa, que era apenas um barrete azul que havia ganhado de um navegador inglês naqueles dias, e fui para a praia. Lá chegando, vi, com pesar e receio, entrar pela barra a esquadra do dito Martim Afonso de Souza, que vinha com duas naus, um galeão e duas caravelas.

Logo desceu da nau capitânia um bergantim. Nele vinham soldados e um escudeiro, que era Brás Cubas, a quem acenamos dizendo que estava em terra de cristãos portugueses. Ficou entre nós toda a manhã e lhe demos água, peixes e bananas.

Na noite daquele mesmo dia, para minha surpresa, pediume que fosse à nau falar com o capitão, o que prontamente aceitei, pois não se diz não a quem é mais poderoso que nós. Quando cheguei, logo fui mandado ao camarote de Martim Afonso, que lá estava a me esperar sentado atrás de uma mesa.

Era um homem alto, torto de um olho, com cabelos pretos e uma barba cheia que quase escondia sua boca. Tinha trinta e poucos anos, uma voz aborrecida e um costume de falar com muitas delongas, atendendo a mil outras tarefas enquanto conversava; contudo, nunca se perdia e era capaz de retomar todas as questões do ponto onde havia parado.

"Então este é o Bacharel de quem tanto falam."

Tirei o barrete azul da cabeça e o saudei:

"No muito falar, senhor capitão, sempre mora algum engano; porém, disseram a verdade os que disseram que sou um obediente servidor do rei."

"Tanto melhor."

"E serei dez vezes mais obediente a vós."

"Não é outra tua obrigação, porque Sua Majestade nomeou-me governador-mor da armada e governador das terras que achar. São meus trabalhos principais expulsar da costa os franceses, indicar capitães-mores e governadores, implantar padrões nas terras descobertas, dar posse de sesmaria e nomear tabeliães. Espero pôr ordem e leis para o governo desta terra, porque na sua muita extensão cada povoado vai se regendo como bem entende e assim não se faz com competência o serviço de el-rei."

Quando parou de falar, tomei ares de soldado e lhe respondi com firmeza:

"Senhor capitão, é em boa hora que o nosso sábio rei toma tais medidas, porque nos esforçamos por manter essas terras a salvo dos corsários e invasores gananciosos, mas não temos braços bastantes para nos defender."

Ele balançou a cabeça e começou a ler uns papéis que lhe trouxera um ajudante. Eu continuei:

"Temos sido, senhor capitão, servos fiéis e temos cumprido as santas ordens do rei D. Manuel, que precedeu D. João III, e que eram defender a costa, fazer plantados e firmar amizade com o gentio, aprendendo sua língua e costumes para servir aos outros que viessem depois de nós."

"Não tenho dúvidas disso, meu bom Bacharel, embora tenham me dito que vós permitis que castelhanos, franceses e a gente de Flandres aportem nestas terras."

"Senhor, a verdade é que não temos homens para enfrentá-los nem canhões para expulsá-los, mas todos os navios estrangeiros que ancoram aqui são vigiados pelos meus homens, e desde que Pero Capico mandou-me para cá nenhum marinheiro entrou pelo sertão."

Martim Afonso concordou com a cabeça e encostou-se na sua cadeira, mandando que seu ajudante saísse. Depois disse o seguinte: "É da vontade do nosso soberano que se ponha ordem no negócio destes portos e, para isto andar direito, julgou conveniente que viesse uma nova autoridade que cuidasse desde São Vicente até este lugar, que será..."

Como ele fizesse uma pausa para matar um inseto que andava sobre os papéis, pendi a cabeça e arregalei os olhos à espera do que ia dizer:

"... o vosso amigo Lopo de Pina, a quem, a partir de hoje, estais subordinado."

Tamanho foi o assombro que tomou conta de mim quando ouvi aquelas palavras que hoje só posso compará-las a uma notícia de morte, porque sabemos que as pessoas vão morrer, mas este saber de nada vale, pois, quando ela vem finalmente, estamos tão despreparados que é o mesmo que se nada soubéssemos antes.

"Senhor, mas os negócios aqui vão bem e em boa ordem", disse eu, mas com pouca esperança de ser ouvido.

"À razão de irem bem respondo-te que podem ir melhor. Ou duvidas das capacidades de el-Rei e minha?"

"Não, senhor, isto não se discute. Só não entendo uma coisa e, se me perdoa, ouso perguntar ainda porque, pelos termos da escritura que me passou Pero Capico, estas terras me pertencem e, se a justiça é servida, sou eu o senhor de Cananéia."

E foi que, sem olhar para mim e nem perder a calma, Martim Afonso disse que também tinha autoridade para revogar todos os atos lavrados anteriormente e que tudo que Pero Capico havia escrito valia tanto quanto uma carta de amor escrita por um grumete. Depois falou que esperava que esta vontade se cumprisse por bem, porque se fosse preciso, não duvidaria em fazer uso das suas cinco naus e do seu exército de quatrocentos homens, tão bem armados e aparelhados para a guerra que nem um exército de cinco mil gentios poderia fazer frente a eles.

Não sou, senhor conde, um novo Platão, mas também não sou um tapuia, e ao ouvir essas palavras logo compreendi que tinham sido ditas com a intenção de me intimidar. Naquela hora, lembrei-me da célebre máxima de Santo Ernulfo sobre os inimigos: "É mais fraco? Pisa-o. É mais forte? Curva-te." Fiz então uma reverência e disse que tudo se fizesse conforme a vontade do soberano.

Quando saía do camarote, senhor conde, confiado de que a tão grande mal não se podia juntar outro, ouvi a maçaneta da porta girar e quase caí desacordado quando vi entrar aquele que era o culpado de todos os meus infortúnios. Lopo de Pina estava trajado a primor, ainda mais se comparado comigo, e engordara muitíssimo. Logo que me viu, abriu os braços e falou:

"Meu irmão Bacharel!", e apertou-me com força. Outra vez tive grande vontade de torcer o seu pescoço, mas como estivéssemos em frente a Martim Afonso, tive que me conter e fingir bons modos.

"Acabo de saber que vós sereis o novo capitão de Cananéia. Mal posso esperar que venhais para cá", disse, olhando para o chão.

"Grande lástima! Será preciso esperar um pouco. Como sou o braço direito de Martim Afonso, terei de ir primeiro a São Vicente, onde quero gastar algum tempo a planejar a governação geral destes povoamentos."

Ainda olhando para o chão, pus os braços para trás da cintura e respondi:

"Esperarei ansioso pelas vossas ordens, pois quero vos servir com toda a dedicação que mereceis."

"Mas que diabo de formalidade, meu Bacharel! Sempre me chamaste por tu, por que agora esse vós?"

"Porque sereis capitão de Cananéia e convém que eu vá me acostumando a chamar-vos de acordo com a vossa dignidade."

Ele então fez uma carantonha, balançou a cabeça de um lado para o outro, e disse:

"Vendo motivos assim tão bem postos, só posso aceitar com humildade esta tua deferência para comigo."

Tendo ouvido isto, inclinei reverentemente o meu pescoço e já ia saindo quando Lopo de Pina chamou-me mais uma vez:

"Saiba que essa tua boa educação será muito bem recompensada, pois penso em dar-te um alto cargo em meu governo. E mais: um dia destes quero que vás jantar comigo e com minha mulher, que agora sou homem casado. Só te peço que vás vestido, pois minha senhora não gostaria de ver-te assim em pêlo."

"Irei com muito prazer, senhor Lopo de Pina, e vestirei minhas melhores roupas, que, certamente, não se igualam às suas piores."

"Certamente, meu caro, certamente. Mas fique tranqüilo que à hora eu te empresto alguma coisa. E pode trazer tua mulher, mas somente uma, pois estou te convidando para um jantar e não para um banquete."

"Levarei apenas Terebê."

"Ah, mas desde já te aviso que não serviremos carne humana." E dizendo isso começou a rir muito, deu-me as costas e foi-se da sala.

Então despedi-me de Martim Afonso e tomei o botim para terra, e devo dizer-vos, senhor conde, que ia tão transtornado e a ira em mim era tão grande que lágrimas brotaram de meus olhos.

De como Proceder Contra os Inimigos Mais Fortes

O que devemos fazer nas horas difíceis? Uns dizem que se deve rezar, outros que se deve praguejar, outros, mais astutos, dizem que devemos nos lembrar do exemplo dos homens sábios. E quando falamos em homens sábios e doutores do conhecimento, não podemos deixar de pensar em Santo Ernulfo e no seu excelente *Omni Trinum Perfectum Est*, que inspirou filósofos da estatura de um Calderón de Mejía e de um Benedeto de Bologna. Ele nos diz que, quando estamos diante de um inimigo mais forte, devemos fazer três coisas: enfraquecer o contrário, conseguir armas melhores que as suas e chamar nossos aliados. Eu, como não tinha como enfraquecer Lopo de Pina, nem dispunha de melhores armas, mandei emissários a Simão Caçapo, Antonio Rodrigues e João Ramalho, pedindo que viessem falar comigo.

Antonio Rodrigues chegou primeiro e, logo que soube dos vis propósitos de Lopo de Pina, ficou como que fora de si, chamando-o de cachorro sarnento, filho da puta e furta-cebolas, rogando mil vezes que o Diabo não o levasse antes que pudesse lhe dar uma boa pancada na testa, e com isso fiquei animado, pois tinha duzentos escravos.

Porém, quando lhe falei dos quatrocentos soldados que vinham com Martim Afonso, Antonio Rodrigues ficou pálido e começou a suar como um porco. Depois, um tanto desconsolado, disse que o chamasse do que bem me entendesse, mas que ele não entraria numa guerra que não podia vencer, que isso era suicídio e ele tinha filhos para criar. Então, muito aborrecido, pediu para que o deixasse em paz, que morrer era a última coisa que ele queria na vida.

Poucas horas depois da partida de Antonio Rodrigues, chegou Simão Caçapo. Contei da traição de Lopo de Pina, disse que tinha intenção de tomar Cananéia, e que ele devia unir-se a mim, pois se hoje tomava as minhas terras, amanhã haveria de tomar as dele.

Pensei que Simão Caçapo fosse me prometer seus braços e sua vida para socorrer-me, mas ele disse que estava muito velho para contendas e que só o que queria era uma boa rede, um punhado de farinha e um pote de cauim, de modo que não iria me ajudar, mas que rezaria muito pelo meu sucesso. Vi que naquelas palavras havia um tanto de indolência e muito de covardia, que é uma preguiça do enfrentamento, e fiquei tão raivoso com Simão Caçapo que mandei que saísse de minha aldeia e fosse aos infernos.

Dois dias depois chegou João Ramalho do campo. Era ele minha maior esperança, pois só de filhos tinha sessenta, todos em boa idade de serem guerreiros, e ainda muitos cativos. Falei a ele as mesmas coisas e também lhe disse, em honra à verdade, que Antonio Rodrigues e Simão Caçapo não se dispuseram a lutar comigo.

Logo que acabei de lhe contar tudo, percebi que também não queria indispor-se com Lopo de Pina, pois estava de cara fechada. Disse-me que se sentia triste por faltar a um velho amigo, mas estava bem no campo, vivendo pacificamente e não queria meter-se em desavenças com o rei, pois é como se diz: ninguém troca a sua paz pela guerra de outro.

Fiquei muito contrariado com a negativa dos meus amigos, pois sem eles só me restavam duzentos guerreiros, vinte e um escravos carijós e seis meninos caetés, que não havíamos conseguido vender. Era um bom e valente grupo, mas com ele não poderíamos nos bater contra os quatrocentos homens bem armados de Martim Afonso. Disse então para Jácome Roiz que perto deles éramos como um anão frente a Aquiles. Jácome respondeu-me que isso era bom, porque sendo assim estaríamos mais perto do seu calcanhar.

De vez em quando penso naquela frase e até hoje não sei se ela é fruto de sabedoria ou sandice.

Oitavo Mandamento
Para Bem Viver na Terra dos Papagaios

Na terra que se chama dos Papagaios,
cada um cuida de si e Deus que cuide de todos,
pois pouco se faz por um irmão, nada por um
primo e menos que coisa nenhuma por um
amigo, de modo que cada um só quer saber do
seu nariz e, se alguém faz algo por outrem,
é a troco de paga ou medo.

Que Narra Mui Brevemente e com Exemplar Concisão o Tempo que Decorreu desde o Nefasto Encontro que Tive com Martim Afonso

Passou-se um ano.

Do que Aconteceu no Dito Ano

Martim Afonso ia estabelecendo regimentos conforme os princípios da lei portuguesa e, com a ajuda de Lopo de Pina, nomeava tabeliães, oficiais de justiça e instalava os colonos. Montou um engenho de açúcar com umas sementes que trouxe da Ilha da Madeira e mandou erguer um novo trapiche. Em janeiro, transformou São Vicente em vila.

Em tudo contava com a ajuda de Antonio Rodrigues, que ficou sendo comandante da alfândega real. Um tempo depois fundou outra vila no planalto, que se chamou Piratininga. Nessa teve a ajuda de João Ramalho, que ganhou como recompensa o título de capitão da borda e d'além do campo e uma imensa sesmaria, que ia desde o rio Uruaí até um lugar de nome Juguaporebaba, de modo que ficou dono quase que de um Portugal. Simão Caçapo, por sua vez, não recebeu terras nem títulos, e tenho por mim que isto era por sua preguiça, pois, se não queria guerrear, também não queria ajudar Martim Afonso, e assim nada fez e nada ganhou.

Nono Mandamento
Para Bem Viver na Terra dos Papagaios

Naquelas paragens, quando se alevantam alguns,
o melhor modo de quietá-los é dar-lhes emprego
ou título, porque os daquela terra muito prezam
serem chamados de senhores e não há um que
não troque honradez por honraria.

Em que Recebo um Convite

Chegando o fim daquele ano, veio um gentio de São Vicente trazendo um bilhete de Lopo de Pina que dizia:

O senhor Cosme Fernandes, dito Bacharel, e sua primeira esposa, conhecida pelo nome de Terebê, estão mui fraternalmente convidados a comparecerem ao jantar que será oferecido pelo governador de Cananéia e esposa, em homenagem à partida do se-

nhor Martim Afonso, capitão-mor de São Vicente. Espero-vos na Casa Maior, na décima quarta hora do vigésimo dia do sétimo mês do ano de 1533.

Do sempre amigo,
Lopo de Pina

Post Scriptum: Junto com esta vão uma roupa para ti e outra para Terebê. Espero que estejam conforme o vosso tamanho e gosto.

Confesso que quando li aquilo suei e tremi. Com a partida de Martim Afonso, Lopo de Pina iria finalmente pôr suas mãos em Cananéia, e pior, podia ser que se aproveitasse para fazer coisas que não faria em presença do capitão, como humilhar-me ou até mesmo dar cabo da minha vida.

Essa idéia atormentou-me por um dia inteiro feito um mosquito impertinente, pois, por mais que eu a espantasse, não havia maneira de ela sair de perto de mim. Assim, fiquei de muitos maus humores e, se vinha alguém falar comigo, não lhe via nem escutava e, se insistia, respondia-lhe com ruins palavras e safanões.

Das Idéias e dos Animais

Falei acima que a idéia de que Lopo de Pina ia tomar conta das minhas terras zunia em meu ouvido feito um mosquito, e devo dizer que desde pequeno reparei que as idéias se parecem com os animais. Disso segue que, além das idéias-mosquito, há as idéias-boi, que ficam ruminando em nossa cabeça, apenas engordando lentamente; as idéias-cobra, que nos enlaçam e não nos libertam jamais; as idéias-borboleta, que vêm suavemente sem que percebamos e vão sem que notemos; as idéias-piolho, que são pequenas mas estão sempre em nossa cabeça; as idéias-mula, que empacam e não conseguimos fazer que andem para a frente, e finalmente as idéias-tigre, que nos mordem e nos rasgam até ficarem saciadas de sangue.

Um bom exemplo de idéia-tigre é a vingança. Mas estou falando coisas antes do tempo. Peço-vos perdão e continuo a narrativa.

Que não Traz Nenhuma Surpresa mas Seria Melhor que Trouxesse

Três dias antes da tal festa, eu, Terebê e vinte homens nos pusemos em marcha para o Paraíso, digo, São Vicente. Um pouco antes de chegarmos, eu e Terebê botamos nossas roupas. Nem preciso dizer o quanto a pobre ficou incomodada com isso, senhor conde, pois, mal comparando, é como se o senhor, para entrar numa festa, tivesse que tirar vossas vestes, o que seria coisa pouco agradável e não vos deixaria muito à vontade.

Quando lá chegamos, vimos que estava tudo muito mudado. Havia uma igreja, inclusive com sino, uma cadeia, um engenho de açúcar, três bicas d'água, um estábulo para cavalos e as

únicas ocas que ainda restavam foram feitas armazéns, de modo que todos agora moravam em casas, a maioria muito pobres, umas poucas decentes e uma que deduzi ser a Casa Maior. Era um sobrado grandioso, com oito janelas, caiado e em tudo destoante do resto da vila.

Havia quatro guardas uniformizados à porta e, como era de se esperar, não deixaram que meus vinte guerreiros entrassem; não só por estarem nus, mas principalmente por serem guerreiros. Pedi-lhes então que esperassem e lhes disse que se houvesse qualquer problema eu gritaria. Jácome Roiz, que estava comigo, falou que, mesmo que os guardas não os deixassem entrar, em caso de perigo faria um buraco de fora até a sala e invadiria a Casa Maior, e isso comoveu-me, pois mostrava que, apesar de sandeu, tinha-me por amigo.

Quando entramos, Terebê foi levada para a sala de jantar e eu fui conduzido por um gentiozinho vestido com muitos aparatos até um pátio. Lá estavam Antonio Rodrigues, João Ramalho e Simão Caçapo, todos com gorros, camisas, calções e até sapatos.

Lopo de Pina estava sentado atrás da mesa, junto com Martim Afonso e um escrivão. Além da muita roupa, usava um calção preto de veludo e uma capa vermelha. Cumprimentei a todos e sentei-me na única cadeira que restava. Por um longuíssimo quarto de hora ficamos todos a falar do calor, dos mosquitos, de como seria grande o futuro destas terras e de coisas assim sem importância, e então Martim Afonso pigarreou forte e tomou a palavra:

"Como todos aqui bem sabem, parto amanhã para as Índias e deixo os senhores com a incumbência de tocar os interesses da Coroa nesta terra. Ficará o senhor Lopo de Pina no comando desta vila e de hoje a mais quero que em tudo o obedeçam, pois é da vontade do monarca que se faça com ordem e decência a colonização deste lugar. Daqui para dois meses chegarão as primeiras tropas vindas do reino e será construída uma fortaleza. Os hereges franceses fizeram pacto com os tupinambás e, se não formos disciplinados e valentes, perderemos aquilo que por direito é nosso. Isto é tudo."

Estava a ponto de espumar de raiva, senhor, por ter vindo de tão longe para escutar coisas que eu já sabia, mas, quando pensei em sair dali, arrancar aquela roupa pela cabeça e pôr-me no rumo de casa, Lopo de Pina levantou-se e tomou a palavra:

"Senhores, esse novo Alexandre, esse novo Péricles, o grande capitão Martim Afonso de Souza, mudou de lama em ouro os destinos deste pedaço de mundo. O que havia? Confusão! O que cada um fazia? O que bem entendesse! Mas ele, valoroso e sábio, instalou departamentos do real serviço, trouxe leis e começou a fazer desse punhado de ocas um pedaço da nação lusitana. Por isso, antes que parta, resolvi homenageá-lo com uma janta que minha mulher preparou e que será servida com muita festa, pandeiros e danças. Exijo que todos, sem exceção, compareçam, pois todos temos uma dívida enorme com esse descendente dos titãs, esse herói português diante do qual Marte treme e Netuno se cala."

Todos aplaudiram o capitão Martim Afonso e o orador Lopo de Pina, que se abraçaram com lágrimas nos olhos. Depois fomos para a sala de jantar, onde Terebê me esperava coçando-se muito. Enquanto a esposa de Lopo de Pina não vinha da cozinha com os dois leitões, os homens andávamos pela sala e pude ter algumas curtas conversas com meus amigos.

Com João Ramalho falei:

“Então, não eras tu quem dizia que não queria ver nem pelas costas essa corja de juízes, padres, aguazis, coletores e toda essa cachorrada?”

“É verdade, mas se não podemos evitar os maus, pelo menos fiquemos com um bom posto entre eles.”

Com Antonio Rodrigues conversei:

“Então, agora és o comandante da Alfândega Real da Terra dos Papagaios?”

“Do Brasil, Bacharel, do Brasil, que esta é uma terra cristã e portuguesa, e eu, que também sou juiz e tabelião da vila, tenho que zelar para que seja chamada pelo nome correto.”

A Simão Caçapo perguntei:

“Como te arrancaram da rede?”

“Não queria vir, mas quase me trazem pelo pescoço.”

E com Lopo de Pina foi assim:

“Não achaste por acaso um baú de madeira com uma cruz latina na tampa e cheio de moedas entre tuas coisas?”

“Acho que jamais vi essa peça, meu Bacharel. Mas, se te faz falta, posso te emprestar um dos meus baús. Só não sei o que farias com ele, pois não tens nem roupas para guardar.”

Antes que pudesse responder, ele ordenou que todos se sentassem, pois logo sua esposa viria com o repasto. Fiquei ao lado de Terebê e não quis conversar com ninguém. Olhei para os garfos de prata, passei os dedos por um comprido copo de Antuérpia, fiquei um bom tempo a medir o desenho da louça de Talavera, observei os ornatos da jarra castelhana, os castiçais e as botijas floridas que embelezavam os quatro cantos da sala.

Nem se um rinoceronte sentasse do meu lado sairia daquela muda contemplação, mas então entraram na sala as mulheres trazendo a comida e, se eu tinha certeza de que aquela era uma das mais tristes noites de minha vida, passei a tê-la não como uma das mais, mas a mais de todas.

Que Traz uma Surpresa que Seria Melhor que não Trouxesse

Senhor, sei que há coisas que são difíceis de crer, e o que ireis ler agora parece tirado das piores novelas de cavalaria. Digo mais, fosse isto um romance, faríeis bem em atirá-lo pela janela, mas como a tal singularidade aconteceu comigo e história é e não patuscada, sou obrigado a contá-la aqui por inteiro e, pior, a dar fé de que é verdadeira.

Feito esse aviso, conto que a mulher que entrou segurando uma travessa com um enorme leitão não era outra que não a minha doce e bela e amada Lianor.

Ao ver aquele rosto meu coração quase saiu pela boca. Tive que me conter para não saltar sobre ela e perguntar-lhe o que tinha feito em cada dia de todos esses anos, se tinha pensado em mim, se sofrera muito com minha partida e se ainda me amava; pensei também em agarrá-la e dar-lhe centenas de beijos e roubá-la para mim, e também tive-lhe ódio por estar casada com Lopo de Pina, e também lhe tive pena por tudo o que deve ter passado quando descobriram nosso encontro; e todas estas coisas passaram em minha cabeça como se fossem um tufão, de forma tão rápida e misturada que eu não sabia o que sentia nem o que pensava. Para vos facilitar o entendimento, senhor conde, digo que minhas idéias eram como uma daquelas sopas onde se cozinham todos os legumes, de forma que seu gosto não é o de nenhum e é o de todos.

Porém, apesar de serem tantos e tamanhos os sentimentos que me atacavam, consegui conter-me e não saltei sobre a mesa nem espetei o garfo nos olhos de Lopo de Pina. Apenas inclinei a cabeça respeitosamente e me apresentei: "Boa noite, Cosme Fernandes, a seu dispor."

Diria que ela não me reconheceu, pois, em vez de atirar-se aos meus pés, fez apenas uma educada mesura e disse: "Lianor de Pina, às suas ordens", e foi sentar-se ao lado do marido.

Se antes estava alienado, agora era como um espírito que nada vê, nada ouve e nada fala. Só pensava em Lianor e na inacreditável coincidência de ela estar afinal tão perto de mim, mas casada com meu maior inimigo. As minhas mãos pegaram o garfo e a faca, os meus dentes rasgaram e amassaram a carne mas tudo as minhas partes faziam por costume, pois o meu entendimento estava nela.

Quando acabamos o jantar, que para mim demorou um século ou dois, os homens voltaram ao pátio e eu disse que ia à cozinha pegar mais um tanto de doce de marmelo. Na verdade, tudo o que queria era um momento a sós com o primeiro dos meus amores. Porém, quando estava a um passo dela, Lianor virou-se e cravou em mim seus olhos de esmeralda. Quis recuar, mas nem isso pude, pois fui todo tomado por convulsões e tremores.

"Corpo de São Roque! Bento Deus de Jacó! São Barrabás!"

"Que vos vai, senhor? Não quereis sentar?"

"Meu Santo Arelhano me acorra! Meu São Martinho me socorra!"

"Calma, em nome de Cristo!"

"Por Tupã! *Domine, memento mei*! Como pudeste fazer isto?"

"Fazer o quê? Falai em ordem e do princípio, senhor, que antes da Páscoa vêm os Ramos."

"Cosme Fernandes!"

"Quem é este?"

"Sou eu!"

"E eu Lianor de Pina, já nos apresentamos."

Era ela, senhor, Lianor, a mulher com quem sonhei por tantos anos. É verdade que já não a esperava mais havia um bom tempo, mas também é verdade que nunca desaparecera de todo de minha cabeça. Mas ali, naquela hora, tudo eram confusões e eu mal conseguia dominar meus sentidos.

"Diabo, como pudeste?!"

"Sentai-vos, senhor Fernandes, isso deve ser uma febre do lugar. Logo passará."

"Tu me juraste amor eterno!"

"Estais me tomando por outra, senhor."

"Nunca! Nos últimos dez mil dias não houve manhã que não pensasse em ti, não houve noite que não sonhasse contigo!"

"Como, se nunca nos vimos?"

"Sou aquele noviço do mosteiro de Bismela!"

Ao ouvir isto, a sua face, que estava rosada, empalideceu até ficar alva como uma nuvem. Ela sentou-se, beijou uma cruz que trazia no colar e ficou olhando-me por um bom tempo sem dizer nada. Depois deu um suspiro profundo e, olhando para o teto da casa, exclamou:

"Minha virgem da estrela!"

Naquele momento, que não sei se durou um segundo ou uma eternidade, nossos olhos se encontraram e ficamos mudos feito estátuas. Pensei, senhor, que ela fosse abraçar meus joelhos e, entre muitas lágrimas, pedir-me perdão ou propor uma fuga desesperada, mas a verdade é que aqui acaba-se a novela de cavalaria e volta a vida com seus naturais enfadamentos, pois ela se recompôs e disse:

"Então foi para cá que te mandaram?"

"Como pudeste me trair? Como casaste com aquele rascão?"

"Que trair coisa nenhuma! Olha como falas! Tu não sabes o que me aconteceu, está bem? E meu marido não é rascão!"

Era uma boa hora para que eu pudesse contar todos os atos vis que aquele ladrão de terras havia cometido contra mim, mas o desgraçado, como se adivinhasse a minha intenção, entrou pela cozinha naquele momento e, vendo-me ali, não deixou de folgar comigo, dizendo que Terebê também queria sobremesa e perguntava se não havia uma compota de orelha de tapuia.

Depois deu um beijo em Lianor e perguntou se havia ainda um pedaço de doce de marmelo.

"Este é o último, meu marido", disse ela, e ele o pegou e comeu.

Naquela mesma noite comecei a voltar para Cananéia. Vim acompanhado de Jácome Roiz, que parou várias vezes pelo caminho para falar com seus parentes, os tatus. Os vinte guerreiros e Terebê acharam tolice entrar pelos matos à noite e só seguiram viagem na manhã seguinte, alcançando-nos em poucas horas.

De minha parte, só o que posso dizer é que vomitei muitas vezes naquele caminho.

Dos Vômitos e das outras Expelições

Sobre esses vômitos na volta para Cananéia, devo dizer que deram-me grande alívio e desopressão. Não sei se convosco se passa o mesmo que comigo, mas eu, depois de um farto vômito que me expulse um mal, sou tomado por uma intensa sensação de paz e tranqüilidade.

Aliás, senhor conde, sobre isso também escreveu Santo Ernulfo, e disse ele que o homem é um ser tão cheio de si que seus instantes mais felizes são justamente aqueles em que expele algo, e, além do vomitar, são estes momentos o cagar, o mijar, o jacular, o peidar e o arrotar, e tanto isto é verdade que não há quem, depois de um destes momentos, não sinta uma grande placidez e uma profunda serenidade.

Que Tem um Último Bilhete

E assim aconteceu, senhor conde, que, duas semanas depois, chegou a Cananéia um emissário de Lopo de Pina. Era aquele mesmo escudeiro chamado Brás Cubas que me chamara à nau de Martim Afonso. Vinha com cinco soldados bem armados e parou em frente à minha oca, onde estava deitado na rede em frente a uma pequena fogueira. Disse-lhe que podia entrar, mas sem os soldados, e ele assim o fez. Então postou-se de pé na minha frente e com ares arrogantes disse que trazia uma mensagem do capitão. Peguei o papel e nele estava escrito o seguinte:

Meu Bacharel,

Quero que saibas que é com muito pesar que te dou uma semana para sair de minhas terras. Se quiseres, podes ir com tua gente para o oeste, desde que seja depois de doze léguas para dentro do sertão, pois as terras deste marco até o mar, com o porto e tudo o que nelas há, agora serão para uso de uns colonos que pagarão em todos os seus negócios o quinto real e outro quinto para mim.

Em dez dias chegarei aí.

Um abraço muito apertadíssimo do teu eterno amigo,

Lopo de Pina
Real capitão da vila de São Vicente e arredores

Devo dizer que até as chegadas de Brás Cubas e deste bilhete ainda estava indeciso sobre se devia reagir à injustiça ou acatar ordens, mas quando ele entrou na oca e mostrou-me aqueles termos presunçosos, eu finalmente cá me decidi. Então fiquei de pé e disse de forma muito polida:

"Infelizmente, honrado senhor, não posso concordar com tamanha aleivosia e devo mui respeitosamente pedir-lhe que se retire destas terras, porque são minhas como meu é o meu nariz."

O emissário ficou parado por uns instantes e parecia não saber o que dizer, pois não contava ter que voltar por todo aquele caminho sem dar conta de sua missão. Ele aprumou-se então e disse que era melhor facilitar as coisas, porque se nos recusássemos a cumprir sua ordenação, viria contra nós um exército de trezentos homens e cativos e ainda seis canhões de bronze. Então peguei de um tição, coloquei-o bem perto das fuças dele e disse:

"O senhor tem um minuto para virar as costas e ir dizer ao seu capitão de merda que ele não se meta com o Bacharel de Cananéia, porque senão eu o mato e o dou de comer aos cachorros."

Brás Cubas arregalou os olhos e, como não conseguisse falar, mostrou-me de novo a ordem de Lopo de Pina, mas eu a arranquei da sua mão e com o tição a queimei. Depois perguntei se tinha mais algum documento para receber o meu selo. Ele, mui sabiamente, disse que não, virou as costas e foi embora, suando e tremendo como se tivesse visto o próprio Anhanga.

Quando Brás Cubas sumiu no mato, reuni todos perto do armazém e falei que se preparassem, pois éramos considerados traidores e vinha uma grande investida contra nós. Se fosse eu como os imperadores que ditam suas memórias mentirosas, senhor, diria que todos me aclamaram e ergueram seus arcos e flechas como a dizer que lutariam por mim até a morte, mas a verdade foi outra, porque houve uma grande divisão entre o fugir e o lutar e diziam palavras ruins uns para os outros.

Ia aquilo numa grande confusão, até que Jácome Roiz subiu num bote e falou rijo com todos:

"Meus irmãos, escutai as minhas palavras, porque um tatu, por andar com a cabeça baixa e metê-la na terra, vê as coisas profundamente e não se perde com distrações. Há mais de trinta anos fomos jogados nesta Terra dos Papagaios e nela trabalhamos e lavramos, cumprindo as ordens de Sua Majestade. Ele, porém, ocupado com muitos trabalhos, deu ouvidos a maus conselheiros que puseram vilões a governar sobre nós. Se fugirmos e eles vencerem, mais desgraças cairão sobre esta gente e este lugar."

Vendo que estavam atentos, mas ainda sem entusiasmo, Jácome Roiz ergueu a voz e continuou:

"Eles vão nos obrigar a vestir roupas!"

Terebê protestou, mas os outros continuaram mudos.

"Vão nos obrigar a pôr sapatos!"

Alguns olharam-se preocupados.

"Vão nos obrigar a ter uma só mulher!"

Várias bocas então disseram: "Não, não, isto não pode ser!", e todos ficaram muito bravos. O discurso os havia atingido no coração, mas faltava ainda o impulso bestial que move uma tropa. Ele então virou-se para os gentios e berrou: "Vamos comer aqueles demônios!, vamos ver qual é o gosto da carne dos portugueses!"

Aí os gentios ergueram seus arcos e arcabuzes no ar com grande fúria. E foi assim que, juntando o ódio à luxúria e à gula, produziu-se uma virtuosa comoção e todos começaram a gritar: "Morte aos portugueses! Morte a Lopo de Pina!", e eis que tinha diante de mim um exército pronto para lutar e morrer. Estava feito, íamos à guerra.

Do Bom Uso de um Mau Remédio

Um dia depois aportou em Cananéia uma nau francesa de corsários muito bem armada com vinte e dois canhões. Eram gente violenta e de má cara, mas bons fregueses e pagadores. Ficariam sete dias para se abastecer com folga e descerem até as terras dos castelhanos.

Mas antes de continuar esta história, devo recordar o senhor conde de que Santo Ernulfo disse que, para enfrentar um adversário mais forte, devemos fazer pelo menos uma destas três coisas: enfraquecer o oponente, convocar aliados e conseguir armas melhores que as dos inimigos. Eu, como não tinha como os enfraquecer, nem dispunha de partidários, tinha que arranjar armas melhores. Fiz então o seguinte:

Primeiro mandei que as mulheres preparassem um bom tanto de cauim e convidei os franceses para uma grande festa em terra. Depois convenci Jácome Roiz a fazer cinco odres de seu laxante, o que não foi fácil, pois ele havia prometido nunca mais preparar aquele remédio. Mas, quando lhe disse que era para dá-lo a um povo que só se alimentava de tatus, no mesmo instante entrou pela mata atrás de ervas para fazer seu enxarope.

Era um plano arriscado, senhor, pois não podia confiar inteiramente em meu amigo, sendo grande a sua sandice e confusa a sua memória. Porém, como não tinha outra opção, encomendei nossa sorte a Deus e rezei para que nos ajudasse.

Ao entardecer começou a festa. Os franceses vieram quase todos, deixando no navio apenas dois grumetes. Servimos muito beiju, fritamos peixes e em tudo pusemos bastante de umas ervas salgadas a fim de lhes atiçar a sede. Só então começamos a servir o cauim misturado com o laxante de Jácome Roiz, sendo que, para nós, separamos umas vasilhas com o cauim sem purgativo.

Depois de três horas, começaram os corsários a ir para o rio, um a um, a fim de se aliviar, mas os que iam não voltavam, pois eram tão grandes as dores que não conseguiam mais se levantar, e era tanto o despejamento que deitavam às águas não só o que haviam comido, mas as suas próprias tripas e era coisa de ver como choravam.

E foi aquilo até um tal ponto que eu, cansado de os ver gritando, mandei que os sacrificassem, no que creio ter mostrado minha benevolência.

Depois fomos até o navio dos corsários, onde os dois vigias, vendo que éramos mais de duzentos, entregaram-se e prometeram lutar conosco até a morte. Começava assim a nossa marcha até São Vicente.

De uma Filosofia de Piquerobi

Caríssimo conde, não poderei continuar contando-vos o andamento daquela batalha sem antes vos dar a conhecer uma rara conversa que tive com Piquerobi.

Era uma bela manhã e estávamos andando pela praia. O sol acabara de nascer e o calor era suave, havia uma leve brisa e o barulho das ondas era deveras agradável. Tudo na natureza abrandava as inquietações da alma e favorecia a meditação.

Perguntei então a Piquerobi sobre uma coisa que muito me intrigava, e que era o amor desmedido que os tupiniquins tinham à vingança, pois não havia outro motivo para a eterna guerra que travavam com os tupinambás. Piquerobi virou-se para o mar, levou a mão ao queixo e olhou para o horizonte, numa imitação de sábio que só não foi perfeita porque ele pôs-se a mijar enquanto falava. Disse-me então:

"Duas coisas fazem o homem feliz: uma é fazer o bem a ele mesmo, outra é fazer o mal a quem ele odeia. Na vingança, fazemos as duas coisas."

Achei aquela idéia muito estranha, porém, como não lhe achasse erro ou paradoxo, tomei aquelas palavras como prova de que os gentios, mesmo sem ler Platão, Leucipo, Santo Ernulfo e Anaxandro, também conhecem a alma humana e seus labirintos.

Não sei por que vos contei isso, mas haveis de reconhecer que é uma boa filosofia para se passar aos filhos e netos.

Que Conta Duas Reconquistas

Tomamos então a nau dos franceses e rumamos para São Vicente. Um pouco antes do ponto em que poderiam nos ver, desceram cem homens e foram por terra, porque assim os surpreenderíamos duas vezes e eles não teriam como preparar a defensão.

Demos vista da vila depois de uma hora de caminhada. O tempo estava enfarruscado e úmido; quase não ventava. A senha para que começássemos o ataque seria um tiro a esmo dado pela nau quando estivesse já bem próxima do porto. Quando era pelo meio da tarde escutamos o estampido e avançamos como doidos.

Foi grande o pavor ao nos verem saindo dos matos e grandíssimo quando viram a nau entrando no porto e disparando contra os navios ancorados. Houve então uma desconcertada fuga dos soldados para os matos, porque, chegando assim sem aviso e atacando em "F", com duas colunas de arcabuzeiros à frente e um grupo de gentios atrás, parecíamos mais do que éramos e metíamos mais medo do que devíamos meter. E assim são vencidas muitas batalhas, porque o medo multiplica as espadas do adversário e a ligeireza dos nossos pés.

Vendo que a rua principal estava sem defesa, fui avançando por ela com mais dez gentios e logo parti para a Casa Maior.

Corri para lá pensando em duas coisas: que era o lugar ideal para observar o combate e encontrar Lopo de Pina e Lianor. Quando entrei, vi os criados correndo como galinhas e algumas crianças a chorar como se estivessem diante de Herodes. Subi pela escada e fui dar no quarto principal, cuja porta estava trancada. Recuei três passos e joguei-me contra ela, fazendo com que se abrisse.

Lá dentro, sozinha, estava Lianor. Ela ficou aliviada quando me viu e, apertando um São Vicente de madeira, disse: "Graças a Deus que és tu e não os tupinambás!" Seus olhos estavam vermelhos de lágrimas. Eu, doido como um jaguar, perguntei:

"Onde está o teu marido?"

A isto ela respondeu: "Posso ser tudo, mas não sou traidora. Vais ter que achá-lo por ti mesmo."

De tão possuído que estava pela raiva, não esperei que terminasse de falar, pois saí dando golpes em todos os móveis, quebrando uns e partindo outros ao meio. Quando, porém, olhei para o baú em que ela estava sentada, tive a estranha certeza de que o canalha estava escondido ali dentro. Era o velho baú de madeira e com a cruz latina na tampa; dei, então, apenas uma leve espetada e o baú disse "ui!". Nessa hora, virei-me para Lianor e disse:

"Acho que encontrei um baú falante, senhora, mas ai dele se estiver guardando o filho da cornuda do Lopo de Pina! Aquele patife, aquele pedra miúda, rabugento, demo sandeu! Aquele desmazelado, cabrão, Belzebu carrapatento! Aquele verme que nasceu da caganeira de uma puta lazarenta! Aquele caramujo presunçoso, parente da repeidada, irmão da cagarrinhosa! Aquele asnote! Ai dele se estiver aí, porque vou fazê-lo em mil pedacinhos e dar aos porcos!"

E assim continuei por um bom pedaço, lançando todas as ofensas e nomes ruins que conhecia para forçar o covarde a sair, mas ele, de tanto medo que tinha, não pôs a cabeça para fora. Podeis imaginar os desejos selvagens que brotaram de dentro de mim e o tanto que quis matá-lo ali mesmo, atravessando-lhe o peito com a espada; porém, meu lado civilizado disse-me que a morte era paga miúda para as suas vilanias. Decidi então refletir com vagar num castigo à altura de sua maldade. Mandei que metessem um cadeado no baú e o carregassem para a nau.

Nessa hora, olhei para Lianor e vi que ficou com pena dele. Não sei se chegou a querê-lo bem, mas o que importa é que teve siso e não se opôs a nada. Quando os gentios levavam o baú para fora, virou-se e perguntou:

"O que farás de mim?"

Senhor conde, há a hora de plantar e a hora de colher, há a hora de falar e a hora de calar. Aquela era uma hora de calar, pois estávamos terminando uma batalha e nessas ocasiões o ódio e o desejo de matar não dão lugar à razão e aos bons modos. Sendo assim, encostei a espada na sua garganta e bradei:

"Tu vais cumprir a promessa que me fizeste há trinta anos! Tu vais te casar comigo! Tu vais ser mais uma de minhas esposas!"

Lianor deu então uma grande gargalhada que muito me surpreendeu, porque pensei que fosse se ajoelhar e suplicar que a deixasse viva. Depois disse que se era para ser minha esposa, teria que ser a única e que era mais fácil vê-la morta do que dividindo um homem com outras doze gentias que andam nuas e comem gente. Como lhe disse, senhor, estava saindo de uma guerra e, portanto, com o sangue quente. Fosse outra hora, talvez até me dispusesse a ouvir suas razões, mas naquela, tudo que fiz foi dizer:

"Tu escolhes: ou me amas ou morres agora mesmo!"

Assustada, ela recuou um passo, agarrou a cruz do colar e começou a rezar. Depois, vendo que não saía dos meus olhos aquela expressão bestial e medonha que aprendi com o iauaretê, atirou-se aos meus pés, abraçou-me os joelhos e disse:

"Sempre te amei, nunca te esqueci. Quero que sejas meu, ainda que tenha só um pedaço de ti."

Isto passado, abri a janela e vi que não havia mais combate, mas apenas uma alegre correria dos meus homens, que roubavam armas, tesouras, facas, cadeiras, mulheres e tudo que pudessem carregar.

Terminou aquele dia com grande divertimento, e pouco antes de o sol se pôr todos bebiam e dançavam. Também os gentios faziam suas festas de cauim e alguns cortavam os pedaços dos mortos, perseverando naquele odioso costume de comer os seus contrários.

Vindo a noite, juntamos os despojos no cavername da nau e nos metemos ao mar. Eu fui no camarote, como um capitão. Também ia comigo Lopo de Pina, ainda dentro do baú, no qual fiz uns furos para que pudesse respirar.

Antes de partir, pusemos fogo em São Vicente. Enquanto a nau deixava aquela baía, podíamos ver a vila arder e era aquilo um grande espetáculo para meus olhos e coração.

De uma Importante Decisão e do Rol dos Castigos que Pensei para Lopo de Pina

Quando chegamos em Cananéia fomos recebidos com músicas e danças. Eu, porém, apesar de vingado estava triste.

Sabia que não deixariam aquele ataque sem resposta, e que quando viessem, seríamos destroçados. Naquela mesma noite reuni a todos e disse:

"Amigos, Deus nos tem abençoado até agora, fazendo com que a inteligência vença a força e as armas dos nossos inimigos, mas vêm agora exércitos muito grandes e contra eles não poderemos lutar."

Todos ficaram muito irados e disseram que deveríamos permanecer ali e matar quantos pudéssemos, mas eu os fiz ver que aquilo era uma estupidez e que o melhor era procurar asilo nas terras dos castelhanos. Houve ainda um ou outro voto contrário, mas por fim decidiram seguir o meu conselho.

Era grande dor para nós ter que fugir uma segunda vez. Eu, para vos ser franco, sofria ainda mais porque em Cananéia tinha feito crescer uma bela vila, com praça, monjolo, torres e rua de feira, mas teríamos que deixar tudo para trás. Consolei-me gastando as horas em pensar nas formas de matar Lopo de Pina. Ainda lembro de umas poucas das muitas que cogitei e eram estas:

* prendê-lo à beira da praia e deixar que morresse pela subida da maré;

* enfiar-lhe uma estaca pelo furico até que alcançasse os pulmões e o coração;

* enfiar-lhe azeite fervente pelos ouvidos a fim de queimar seu cérebro, fazendo arder suas más idéias;

* deixá-lo minguar de fome e sede, o que seria bem longo e sofrido;

* arrancar-lhe a pele com cuidado, besuntá-lo de mel e colocá-lo sobre um formigueiro;

* amarrar cordas em seus braços e fazê-los puxar por dois grupos para ver qual seria arrancado primeiro;

* queimá-lo em fogueira baixa por dois dias;

* dar-lhe o laxante de Jácome Roiz;

* metê-lo numa cela com uma boicininga;

* cortar-lhe os dedos e esperar que o sangue escorresse de seu corpo;

* pendurá-lo de cabeça para baixo, arrancar-lhe os olhos e fazer de suas órbitas alvo para os arqueiros;

* e fazer nele uns talhos para que sangrasse e atirá-lo aos tubarões.

Todas estas penas me apeteciam e eu lamentava ter de escolher apenas uma. Se pudesse, faria Lopo de Pina morrer várias vezes e de várias formas. Decidi então levá-lo comigo na viagem para escolher o melhor modo de dar-lhe fim.

Da Última Sandice de Jácome Roiz

E aconteceu que quando já estávamos içando as velas, Jácome Roiz deu-me um apertado abraço e desejou-me boa viagem. Eu ordenei que parasse de fazer troças e embarcasse logo, mas ele não queria vir de modo nenhum. Compreendi que era mais um daqueles momentos de sandice em que o desgraçado pensava que era um tatu. Tentei então convencê-lo dizendo que íamos para um lugar onde havia muitos como ele, mas meu velho amigo respondeu:

"Eu sei que o vosso caminho é para as terras geladas do sul. Lá não existem tatus. Ide em paz e deixai-me aqui com meus irmãos."

"Mas onde vais morar? Como vais sobreviver? Tu vens comigo, anda!"

"Eu não saberia viver em outro lugar que não fosse esta terra, Bacharel. Jogaram-me aqui, gostei dela e agora não saio mais."

E, dizendo isso, virou as costas e meteu-se para dentro dos matos. Pensei em pegá-lo à força, mas desisti. E como me conheceis, senhor conde, já sabeis que subi à nau chorando como um danado.

Da História de Lianor e de outras Coisas Assombrosas

No princípio, a viagem se deu em mar tranqüilo, rente à praia e com ventos muito bons, mas a partida de Jácome Roiz havia-me deixado num estado de incurável melancolia. Nada me agradava, nada me importava; se pudesse, passaria horas olhando para o vazio, como os poetas e as meninotas. Por fim, convencido de que aquilo tinha que passar, mandei chamar Lianor. Queria distrair-me conversando das coisas passadas e saber de tudo o que tinha acontecido com ela desde a nossa separação.

Lianor sentou-se numa cadeira e eu cheguei-me e sentei na rede que ficava ao lado. Quando ia abrir a boca para falar alguma coisa, ela disse primeiro: "Não me condenes. Eu podia jurar que estavas morto." Eu, senhor, querendo mostrar que pouco me importava, disse que achava perfeitamente justo que ela se tivesse casado com outro homem. Depois, só por curiosidade, quis saber por quantos anos ela havia perseverado na promessa de me esperar.

"Três meses."

"Só três meses?!"

"Dois e meio, se queres a conta certa."

Aquilo doeu como um golpe de borduna na testa e fiquei pasmado por uns instantes. Por todo aquele tempo, às vezes mais, às vezes menos, tive o sonho de que Lianor havia sido constante e ainda se guardava para mim. Pensava em tornar a Portugal, cheio de riquezas e ir correndo saber onde estava. Imaginava encontrá-la pobre e mal mantida, mas com o mesmo rosto que tinha aos vinte e dois anos. E neste sonho, quando a encontrava, levava-a para morar numa quinta cheia de empregados. Mas uma coisa é o pintado e outra o vivo, como ela mesma me contou:

"Dois dias depois que tu partiste, recebemos em casa a visita daquele velho, o *magister* Videira. Ele fechou-se numa sala com meu pai e só saíram depois de horas. Eu não sabia de nada. Minha mãe então apareceu chorando e pediu que eu fosse para o quarto e não saísse mais de lá. Quis saber por que, mas ela disse que eu obedecesse e não fizesse perguntas.

"Logo entendi que algum patife tinha nos denunciado. Fiquei trancada por dois meses e meio, e nesse tempo vi apenas a minha mãe, que vinha para dar-me comida e acompanhar-me nas rezas. Só saí do quarto quando chegou em casa um homem de uns sessenta anos. Era um fidalgo, amigo de meu pai, e chamava-se Tomás Brandão. Casei-me com ele ainda naquele mês e depois nos mudamos para Ourique. Nunca nos demos bem e minha maior esperança era que, por causa de sua idade avançada, ele não ficasse muito tempo neste mundo, mas ainda viveu trinta anos.

"Quando tornei-me uma viúva rica, resolvi viver castamente e em oração, até que, um mês depois, numa viagem a Lisboa, fui apresentada a Lopo de Pina. Não sei se ele sabia que eu era rica, mas não mais largou de mim, deu-me muitos presentes e por fim pediu-me em casamento. Queria que eu o acompanhasse numa viagem ao Brasil, que chamava pelo nome antigo de Terra dos Papagaios, e disse que el-rei o havia nomeado para um alto posto. Como estava triste e sozinha, resolvi aceitar. Quando cheguei aqui, pensei que encontraria paz e conforto, mas só encontrei mosquitos e guerras. Agora não sei mais o que será de mim. Eis minha história. Agora conta-me a tua."

Não sei se vos acontece isso, senhor, mas tenho uma incapacidade natural para contar minha própria vida assim numa conversa ligeira. Não sei se é porque são acontecimentos demais ou se é porque são todas coisas tolas, mas acabo dizendo tudo muito aligeiradamente, e dou a impressão de que vivi uma vida ordinária e sem graça, o que não é verdade.

Mas, enfim, falei-lhe da prisão, da viagem, do degredo e de como sobrevivemos junto aos tupiniquins, tendo que viver conforme seus costumes. Quis falar que Lopo de Pina havia roubado meu dinheiro e minhas terras, mas achei que ela ia pôr isto na conta dos ciúmes e não daria crédito à história. Entrei, então, a falar de coisas mais serenas, como o fato de eu ter-me tornado um general dos selvagens e a coincidência de eu só ter tido filhas em todos os meus casamentos com as gentias. Lianor, então, olhou-me com uns olhos assustados, e eu, rindo, disse:

"Isto deve ser efeito do sol. Se eu for para uma terra fria, quem sabe só terei meninos. Eu bem gostaria de ter um. Já escolhi até o nome: Guaribebe."

"Já tens um e chama-se Vasco."

Naquela hora, quando percebi o que ela queria dizer, meu corpo esfriou e quase caí da rede. Depois que me acertei, fiquei petrificado e não disse nada. Ela continuou:

"Nasceu seis meses depois do meu casamento. Tem olhos castanhos como tu, cabelos negros, a mesma altura, o mesmo nariz, a mesma boca e lê como um danado. Tomás sabia que não era filho dele, mas achava que um bastardo era um baixo preço a pagar por uma esposa nobre e jovem."

Ainda estava tonto como se tivesse bebido dez potes de cauim, mas afinal consegui falar:

"Parece-se mesmo comigo, hem? E o que faz ele?"

"É mercador", respondeu Lianor. "Vende negros da Mina e da Guiné no mercado da Ribeira."

"E ele sabe que não é filho de teu finado marido?"

"Desconfia, mas nunca perguntou. Tu devias ir conhecê-lo e contar tudo isso. Eu não tenho coragem."

Pus a minha mão sobre a cruz da tampa do baú onde estava Lopo de Pina e jurei que o faria.

Em que Sofremos com uma Tormenta e um Tormento

Aconteceu que, depois de sairmos de Cananéia e estando perto da embocadura de um rio, formou-se no céu um medonho negrume. Vi então que dois ventos contrários, os dois fortes e presumidos, resolveram duelar nas alturas e as águas agitavam-se recolhendo a grande fúria dos seus primeiros golpes.

Considerei que aquela seria a maior tempestade que viu o mundo e que era grande temeridade manter a nau tão cheia, pois lá iam comida, madeira, armas, despojos e mais de duzentas almas numeradas. E como os ventos iam ficando mais fortes e nos cortavam a pele só de bater contra ela, decidimos então jogar tudo o que trazíamos ao mar, inclusive alguns escravos. Os cativos gritavam muito enquanto os atirávamos às águas e eu muito lamentava pela mercadoria perdida, mas há momentos em que temos de fazer sacrifícios.

Quando veio afinal a tempestade, senhor, foi tanto o medo que passei que nunca mais desde aquele dia entrei em outra nau, fazendo todos os caminhos, por mais longos e penosos que fossem, sempre a pé. Era tão grande o aguaceiro que todos empalidecemos e choramos como crianças. Os pingos pareciam pedras e abriam buracos nas velas, mas isso foi nada, porque logo um raio fendeu o mastro e ficamos à mercê da vontade de Deus. O vento assobiava e soprava com tanta fúria que homem sozinho não podia se manter em pé, de modo que ficamos todos agarrados uns nos outros e só o que se ouvia eram gritos, rezas e gemidos misturados, enquanto o mar revolto nos dava pancadas de um e de outro lado.

Tamanha era a braveza das águas que nos afastamos da costa e fomos levados para o oceano. Lá, depois de muito sermos sacudidos, o navio foi erguido a uma altura de vinte lanças e então arremetido contra as baixezas do abismo tão violentamente que demos como certa a perdição. Porém, por muita misericórdia de Deus, a furiosíssima onda arrebentou ao nosso lado, de modo que fomos cobertos pelas águas e pendemos, mas ainda pudemos emergir.

Era de ver como a água ia entrando cada vez mais e mais pelos buracos, mas, mesmo que quiséssemos não podíamos dar à bomba, porque ninguém parava em pé. Isto nos enchia de medo e aflições, se é que naquela hora cabia em nossos peitos mais desespero do que o que já trazíamos.

Durou aquela tempestade três horas e demos muitíssimas graças a Deus quando o céu abonançou, deixando um vento que quase nos matou de frio. Não tínhamos mais mastros, nem velas, nem instrumentos e o leme mal se governava. Ficamos na dependência da habilidade dos grumetes franceses para encontrar terra e fazer os reparos necessários para prosseguir na viagem. Para piorar, era noite de lua nova e só com esforço se podia enxergar alguma coisa.

Por três dias vagamos sem destino e a fome já nos deixava como loucos, havendo até quem disputasse a tapas os ratos do porão, que infelizmente logo se acabaram. Estávamos de tal modo desesperados que ficamos alegres quando choveu na manhã seguinte, porque, apesar de ser grande o frio, assim podíamos chupar o couro das nossas sandálias, enganando nossas barrigas.

Já dava-me como morto, senhor, quando lembrei-me da filosofia de Piquerobi, que disse que só há duas coisas que nos fazem felizes: dar alegria aos amigos e tristeza aos inimigos, e que a única coisa que trazia essas duas qualidades ao mesmo tempo era a vingança. Assim, encontrei a solução para dois problemas: a nossa fome e Lopo de Pina.

Mandei que abrissem o baú e trouxessem o cão à minha presença. O desgraçado veio ao convés tremendo de medo. Ao ver-me, porém, quis fingir que era valente e exigiu que o desamarrasse. Eu disse que não e ele, olhando-me com muita raiva, gritou:

"Como ousas prender uma autoridade real! D. João III há de saber disso!"

"Estamos em terras de Castela. Aqui tu não és nada", respondi.

"Se tocarem num fio de cabelo da minha cabeça vão se arrepender para o resto de suas vidas!"

"Cumprirei tuas ordens, capitão, não tocarei num único fio do teu cabelo. E vou além: prometo que os guardarei numa caixinha e os farei chegar com toda a segurança em Portugal."

Lopo de Pina olhou-me então muito apavorado. Depois tentou correr para a amurada, talvez pensando em atirar-se ao mar, mas minha gente o pegou e o trouxe de volta.

"Se me matarem, exijo ser sepultado em terras portuguesas!"

E eu lhe disse:

"Tu vais morrer, capitão, mas não tens por que te preocupar com teu sepultamento."

"Meu Bacharel, não acredito que vais me matar, não acredito que vais esquecer que somos irmãos há três décadas! Anda, vamos voltar a São Vicente e eu te darei todas as terras que quiseres!"

"Quer saber?, eu trocaria todas as terras que me roubaste por um pedaço de carne."

"Então fico com as terras e arranjo-te esse pedaço de carne, está bem? Não me importo, apenas dá-me uma última chance de provar que sou teu amigo!"

"Está feito, vou dar-te essa chance."

Ordenei então que o pendurassem num resto de mastro com a cabeça para baixo. Depois, peguei uma espada e dei um talho em seu pescoço, recolhendo seu sangue num balde. Ele esperneou feito uma galinha e três homens tiveram de segurá-lo. Quando por fim parou de sacudir-se e morreu, separamos as muitas partes do seu corpo e fizemos uma pequena fogueira num canto do convés, com todo o cuidado para que a chama não se alastrasse. Neste fogo pusemos um caldeirão e nele o sangue e as partes de Lopo de Pina, deixando que tudo cozinhasse por uma hora, segundo a receita daquela galinha de Jácome Roiz.

Depois servimo-nos todos, dividindo Lopo de Pina em pequenos pedaços, pois éramos muitos e ele, apesar de estar um tanto gordo, era apenas um. Só Lianor recusava-se a comer, mas, como a fome do estômago é mais poderosa que os modos do cérebro e os sentimentos do coração, não demorou muito e vi que ela segurava uma orelha, mas ainda sem saber se a mordia ou não. Então chegou perto de mim e perguntou-me o que eu achava de comer a carne de um homem. Eu lhe respondi muito cristãmente que todos têm alguma coisa de bom, e que em Lopo de Pina essa coisa era sua orelha. Ela então beijou a cruz de seu colar e comeu a orelha.

Que Conclui Tudo

É esta, senhor, a história que quero que leia e faça chegar às mãos de meu filho Vasco Brandão, que não são outras que não as tuas, caro conde, pois como já deves ter percebido, és aquele filho gerado entre doces e compotas da casa de teus avós.

Amado filho, o porvir não sabemos, mas estou velho e cansado, e é bem possível que nunca veja o teu rosto. Não importa, mando-te estas folhas contando tudo o que aconteceu a mim e à tua mãe, cujo paradeiro ignoravas, e que por fim tornou-se uma de minhas mulheres. Ela está à minha frente agora, vestindo apenas um cocar de penas de papagaio e preparando uma bebida de mate com Terebê.

Dos outros anos que se passaram desde a era de 1533 até o presente ano de 1535, devo dizer que foram tempos serenos, em que nos mudamos ainda algumas vezes, mas sempre nos mantendo em boa paz com os castelhanos, vendendo ainda alguns cativos guaranis, abipones, patagões e vivendo honestamente.

E daquela terra que hoje chamam Brasil, esquecendo o nome que lhe deram seus primeiros moradores, digo que pouco proveito se pode tirar dela, porque vem se povoando com homens cobiçosos. É isto um grande mal, porque é como um Éden e penso que Deus nos fez vir até ela para que fizéssemos uma nação diferente de todas as outras, porém, segundo a coisa se abala, está bem parecida com a nossa, onde reinam a burla, a roubaria e mais pode quem é mais velhaco.

E desta minha vida naquelas terras deixo-te um último conselho, porque não há nenhum proveito em devorar muitos fatos, que são como a comida crua, sem acrescentar a eles uma lição moral, que é como o tempero que lhe dá gosto:

Décimo Mandamento
Para Bem Viver na Terra dos Papagaios

E o resumo de meu entendimento é que naquela terra de fomes tantas e lei tão pouca, quem não come é comido.

Desta vila de Nossa Senhora de Buenos Aires,
hoje, nove de outubro da era de 1535.

De teu servo e pai,
Cosme Fernandes,
dito Bacharel.

markgraph

Rua Aguiar Moreira, 386 - Bonsucesso
Tel.: (21) 3868-5802 Fax: (21) 2270-9656
e-mail: markgraph@domain.com.br
Rio de Janeiro - RJ